U0483348

国际大奖小说 · 成长版

纽伯瑞儿童文学奖银奖

Olive's Ocean

奥莉芙的海洋

[美]凯文·汉克斯/著

[美]雷·布朗/绘

吕培明/译

天津出版传媒集团

新蕾出版社

图书在版编目（CIP）数据

奥莉芙的海洋 / (美) 汉克斯 (Henkes,K.) 著；(美) 布朗 (Brown,R.) 绘；吕培明译. -- 天津：新蕾出版社, 2014.4(2018.4 重印)
(国际大奖小说·成长版)
书名原文: Olive's ocean
ISBN 978-7-5307-5892-2

Ⅰ. ①奥… Ⅱ. ①汉… ②布… ③吕… Ⅲ. ①儿童文学-中篇小说-美国-现代 Ⅳ. ①I712.84

中国版本图书馆 CIP 数据核字(2013)第 273104 号

津图登字:02-2012-214

出版发行:天津出版传媒集团
新蕾出版社
e-mail:newbuds@public.tpt.tj.cn
http://www.newbuds.cn
地　　址:天津市和平区西康路 35 号(300051)
出 版 人:马梅
电　　话:总编办 (022)23332422
发行部(022)23332676　23332677
传　　真:(022)23332422
经　　销:全国新华书店
印　　刷:北京盛通印刷股份有限公司
开　　本:895mm×1370mm　1/32
字　　数:60 千字
印　　张:6
版　　次:2014 年 4 月第 1 版　2018 年 4 月第 7 次印刷
定　　价:22.00 元

一辈子的书

梅子涵

亲近文学

一个希望优秀的人,是应该亲近文学的。亲近文学的方式当然就是阅读。阅读那些经典和杰作,在故事和语言间得到和世俗不一样的气息,优雅的心情和感觉在这同时也就滋生出来;还有很多的智慧和见解,是你在受教育的课堂上和别的书里难以如此生动和有趣地看见的。慢慢地,慢慢地,这阅读就使你有了格调,有了不平庸的眼睛。其实谁不知道,十有八九你是不可能成为一个文学家的,而是当了电脑工程师、建筑设计师……可是亲近文学怎么就是为了要成为文学家,成为一个写小说的人呢?文学是抚摸所有人的灵魂的,如果真有一种叫作"灵魂"的东西的话。文学是这样的一盏灯,只要你亲近过它,那么不管你是在怎样的境遇里,每天从事怎样的职业和怎样地操持,是设计房子还是打制家具,它都会无声无息地照亮你,使你可能为一个城市、一个家庭的房间又添置了经典,添置了可以供世代的人去欣赏和享受的美,而不是才过了几年,人们已经在说,哎哟,好难看哟!

谁会不想要这样的一盏灯呢?

阅读优秀

文学是很丰富的，各种各样。但是它又的确分成优秀和平庸。我们哪怕可以活上三百岁，有很充裕的时间，还是有理由只阅读优秀的，而拒绝平庸的。所以一代一代年长的人总是劝说年轻的人："阅读经典！"这是他们的前人告诉他们的，他们也有了深切的体会，所以再来告诉他们的后代。

这是人类的生命关怀。

美国诗人惠特曼有一首诗：《有一个孩子向前走去》。诗里说：

> 有一个孩子每天向前走去，
> 他看见最初的东西，他就变成那东西，
> 那东西就变成了他的一部分……

如果是早开的紫丁香，那么它会变成这个孩子的一部分；如果是杂乱的野草，那么它也会变成这个孩子的一部分。

我们都想看见一个孩子一步步地走进经典里去，走进优秀。

优秀和经典的书，不是只有那些很久年代以前的才是，只是安徒生，只是托尔斯泰，只是鲁迅；当代也有不少。只不过是我们不知道，所以没有告诉你；你的父母不知道，所以没有告诉你；你的老师可能也不知道，所以也没有告诉你。我们都已经看见了这种"不知道"所造成的阅读的稀少了。我们很焦急，所以我们总是非常热心地对你们说，它们在哪里，是什么书名，在哪儿可以买到。我就好想为你们开一张大书单，可以供你们去寻找、得到。像英国作家斯蒂文生写的那个李利一样，每天快要天黑的时候，他就拿着提灯和梯子走过来，在每一家的门口，把街灯点亮。我们也想当一个点灯的人，让你们在光亮中可以看见，看见那一本本被奇特地写出来的书，夜晚梦见里面的故事，白天的时候也必然想起和流连。一个孩子一天天地向前走去，长大了，很有知识，很有技能，还善良和有诗意，语言斯文……

同样是长大，那会多么不一样！

自己的书

优秀的文学书，也有不同。有很多是写给成年人的，也有专门写给孩子和青少年的。专门为孩子和青少年写文学书，不是从古就有的，而是历史不长。可是已经写出来的足以称得上琳琅和灿烂了。它可以算作是这二三百年来我们的文学里最值得炫耀的事情之一，几乎任何一本统计世纪文学成就的大书里都不会忘记写上这一笔，而且写上一个个具体的灿烂书名。

它们是我们自己的书。合乎年纪，合乎趣味，快活地笑或是严肃地思考，都是立在敬重我们生命的角度，不假冒天真，也不故意深刻。

它们是长大的人一生忘记不了的书，长大以后，他们才知道，原来这样的书，这些书里的故事和美妙，在长大之后读的文学书里再难遇见,可是因为他们读过了,所以没有遗憾。他们会这样劝说:“读一读吧,要不会遗憾的。”

我们不要像安徒生写的那棵小枞树,老急着长大,老以为自己已经长大,不理睬照射它的那么温暖的太阳光和充分的新鲜空气,连飞翔过去的小鸟, 和早晨与晚间飘过去的红云也一点儿都不感兴趣,老想着我长大了,我长大了。

“请你跟我们一道享受你的生活吧!”太阳光说。

“请你在自由中享受你新鲜的青春吧!”空气说。

“请你尽情地阅读属于你的年龄的文学书吧!”梅子涵说。

现在的这些“国际大奖小说”就是这样的书。

它们真是非常好,读完了,放进你自己的书架,你永远也不会抽离的。

很多年后,你当父亲、母亲了,你会对儿子、女儿说:“读一读它们,我的孩子!”

你还会当爷爷、奶奶、外公和外婆,你会对孙辈们说:“读一读它们吧,我都珍藏了一辈子了!”

一辈子的书。

目　　录

CONTENTS

有人在长大，

有人在死去。

有人在快乐，

有人在悲伤。

1.开　始

“你是玛莎·波义耳吗？”

玛莎点了点头。

“你肯定不认识我。”站在门口的女人说道，“我是奥莉芙·巴斯托的妈妈。”

玛莎低声惊呼。那声音细小而微弱。

“我不知道你是否了解奥莉芙。”那女人继续说道，“她太内向了。”奥莉芙的妈妈穿着一件古怪的衬衫，她从衬衫的衣袋里，摸出了一张折叠着的纸，然后她对玛莎说道：“我在她的日记里发现了这个，我想她希望你拥有它。”

隔开她们的那扇生锈的纱门模糊了女人的长相。玛莎吱呀一声推开门，接过了那张粉红色的长方形折纸。

“那么，再见了。”奥莉芙的妈妈边说边走下台阶，“谢谢你，玛莎·波义耳。”

她骑上一辆非常旧的自行车，走了，那又长又亮的辫子就像一条尾巴一样挂在她身后。

玛莎深吸了一口气,试图平静下来。她仍旧站在门边想着奥莉芙,一时间忘记去打开那张纸,更无法专心读下去。

2.结　束

奥莉芙·巴斯托死了。就在几个星期前，她在门罗大街骑车时，被一辆汽车撞倒了。玛莎所知道的就这么多。

奥莉芙忧郁的身影浮现在玛莎的脑海里：一个安静、平凡的女孩，寂寞而内向，有着一双躲闪的眼睛，走在学校过道时总是紧靠着衣物柜。

随后出现的画面是玛莎想象出来的：在汽车巨大的冲击下，奥莉芙像鸟一样飞向空中，然后颓然倒在了路边，一动不动。

3.希　望

玛莎慢慢地打开了那张纸。奥莉芙的字写得非常清秀规整，就像是一排排漂亮的珍珠。玛莎仔细地看着，仿佛能听见奥莉芙轻柔忧郁的声音。

六月七日：我的愿望

我希望有朝一日我能写本书，不是我们在写作课上写的那种，而是一本真正的书，就像图书馆或书店里的一样。那本书不是推理类或冒险类的，而是关于情感的。也许，我能改变孩子们对情感类书籍的看法，就像一些作家改变了我一样。学校里的大多数孩子把这类书称作“故事书”，但我称它们为“小说”。也许我会成为史上最年轻的小说作家。也许我能练就其他作家没有的、独一无二的写作风格。我已经想好了我小说的第一句：“这个孤儿有一个秘密心愿，她希望自己的骨头像鸟的骨头一样中空，这样她便能远走高飞了。”

我还希望有朝一日我能去看看真正的大海，比如大西洋或太平洋。我喜欢麦迪逊和那里所有的湖泊（尤其是温格拉湖），但我认为它们和海洋并不相同。等我年满十八岁后，我想住在悬崖上的小屋里，那里能看到大海。

我还希望什么呢？

我希望明年（或是今年夏天）能认识玛莎·波义耳。我希望我们能成为朋友，这是我最大的希望。她是整个班里最好的人。

玛莎全身上下充满了诡异的感觉。她正在读一个同龄人的日记，而这个人已经死了。明天一早，玛莎将和全家人一起去大西洋岸边的奶奶家（这个世界上玛莎最爱的地方）看望奶奶。最近，她还下定决心成为一名作家——这还只是她个人的想法，甚至都没有告诉自己的闺蜜、哥哥和父母。让她感到不解的是，她到底对奥莉芙做过什么或说过些什么，以至于让奥莉芙认为玛莎是“整个班里最好的人”？最可怕的是，她将永远得不到答案。

几分钟前，她正在收拾行装，感到无比快乐，可现在，她的感觉不同了，完全不同了。所有的这些巧合让玛莎觉得不可思议。

4.玛莎的爸爸

“刚才是谁在门口？”玛莎的爸爸丹尼斯·波义耳问道，“你怎么好像见了鬼似的？”

“哪有什么人啊！”玛莎耸耸肩答道，“没事，真的。”她将纸折起来，藏进手心里。“真的，没什么，没什么人。”

“那就好。”爸爸歪着头，似笑非笑。这表情让玛莎感到有些难以捉摸，她将这表情理解为：我爱你，但是我不了解你。

“听着，”爸爸继续说道，“我要你帮个忙。露西正在小睡，我得去商店买些玩具、书之类的东西，好让她明天在飞机上有事可做。等她醒来，我要你照看她一下。”

“好的！”玛莎答应道。

“你妈妈应该很快就到家了。还有，文斯在罗比家。如果有人问起晚饭，就说晚上我们要吃外卖，因为出发去你奶奶家前，我们还有很多事要做。”他拿着洗衣篮，里面各种东西堆成了小山：衣服、报纸、橡皮球、脏盘子、光盘、防晒霜，还有露西的塑料凉鞋。“我的人生就跟这篮子一样。”他轻声说道，声音有些僵硬。他将篮子稳稳地放在咖啡桌上。“我很快就回来。”

他走了。

这个夏天似乎给玛莎的爸爸带来了许多痛苦。只要有机会，他就会找各种借口逃出这栋房子，一个人待着。他承认他热切期盼暑假的结束，新学期的到来，这样玛莎和她的哥哥文斯绝大部分时候都会在学校，而露西一周也会有三天被送去幼儿园。

现在是八月中旬。等玛莎全家度假归来后，只需再熬一个星期，丹尼斯就能有更多的独处时间了。

露西出生后，他辞去了律师的工作，在过去两年半的时间里一直在家全职照顾露西。他还在这段时期里试着写小说，尽管家里没人读过他写的一个字。满腹思绪让他的脸色时不时变得阴郁，而这种现象日渐严重。“小说，”他总是会说，“我在构思我的小说。”

玛莎还没有告诉任何人她决定成为一名作家的事，主要是因为她不想让爸爸认为她在学他。但玛莎给自己定了一个最后期限，在他们准备从奶奶家回来的时候，她会告诉爸爸自己的想法。

5.露　西

卧室里，玛莎斜靠着墙，下意识地按起电话键。她正给她最好的朋友荷莉打电话，想告诉她奥莉芙妈妈和那页日记的事。但在按下最后一个数字键时，玛莎停住了，她还没准备好。

玛莎将那页折好的日记放进背包的一个拉链口袋里，然后走进露西的房间。她尽可能地不发出一点儿声音。露西睡得很轻，很容易被地板的咯吱声，或是附近正常的说话声吵醒。“可能我呼吸声太大，把她吵醒了。”爸爸经常抱怨道，“为什么其他家的孩子睡觉打雷都吵不醒……”

玛莎静悄悄地看着自己的妹妹。露西睡在地上的一张大号床垫上，这床垫占据了房间大部分的空间。窗帘是拉上的，房间很幽暗。找寻露西通常像玩游戏，也像解密。她蜷缩在一个枕头上，周围还堆着其他的枕头、被子、床单、各种动物玩具和洋娃娃，特别是其中有一个娃娃和露西一样大，头发颜色也一样。在黑暗中，玛莎不止一次将她们混淆。

玛莎无法不想奥莉芙的事。她突然感到一阵寂寞,却说不出原因。她清了清嗓子,开始很轻,然后很大声。她咳了起来。

露西动了动,将自己裹在被子里。她突然睁开眼睛,两眼闪闪发光。她就像是一条浮出水面的鱼,迅速地翻过身来,从睡梦中惊醒。

“小露西,”玛莎唱道,“哦,亲爱的小露西。”玛莎在她的小妹妹身边躺了下来,轻轻地咬住她柔软的粉红色的耳朵。

露西突然抬起头。“我醒啦!”她愉快地说道。

“你醒啦,这真是太棒啦!”玛莎边说边用手抚弄着妹妹的一束红色鬈发,“你是这世界上最漂亮的孩子。”

“我两岁了。”露西强调道。她跳着站起来,伸出两只手,张开十根手指头。“两岁。”

“你快三岁了。”玛莎说,“那我几岁呢?”

“两岁。”

“不对,我十二岁。来,跟我一起说,十二。”

“丝二。”露西重复道,昂起她的头,露出了自豪的笑容。

“我得给你换尿片了。”玛莎说着抱起了妹妹,紧紧地抱住,“换完尿片咱们去兜风。”

“我两岁了。”露西说道。

6.尼克伯克大街和门罗大街交口

因为有明确的目的地，所以玛莎走得很快。她推着婴儿车快速地穿越一条条街道。太阳时而被云层遮住，然后完全显露；时而又被树木和房屋遮住，然后又全露出来，这让玛莎觉得自己好像通过了一连串的房间，每个房间的亮度各不相同。天气很热，又很潮湿。福克斯大街上一户人家的院子里正晾晒着一条条沙滩毛巾，玛莎突然想起自己的沙滩毛巾和泳衣还没有放到行李中。是不是还有什么忘带了？心神不宁的玛莎没注意到人行道上有条裂缝，婴儿车突然一歪。

“对不起。”玛莎说道。

“呀！”露西哇哇直叫，为这颠簸和速度激动不已。

她们继续前行，拐过一个个路口。

走到尼克伯克大街和门罗大街交口时，玛莎停住了。这里就是事发现场。远处的温格拉湖泛着粼粼波光。

没有任何迹象表明这里是惨剧发生的现场。人行道边并没有堆着花束或泰迪熊，栏杆上也没有系着丝带。

此时，玛莎已经到达了目的地，她正思考着接下来该做什么。她为什么要来这里？她期待发生些什么？她若有所思地舔了舔嘴唇。

“走，走！”露西命令道，手舞足蹈。

“就一分钟。”玛莎说着把婴儿车往前推了一些，然后又把它拉回来。她重复着这个动作，希望这种节奏能使露西高兴。

玛莎看着门罗大街上来往的车辆，试图想象被车撞倒是怎样一种感觉。玛莎用右手抓着婴儿车，将车推离车道，然后将自己的左脚迈进车道。一辆邮局的卡车鸣着喇叭呼啸而过，玛莎能感觉到它强大的力量。这股力量吹开了她脸边的头发。她害怕了，甚至连脚指头都绷紧了。

露西吵闹起来，用刺耳的噪声宣泄她的不满，她们的爸爸称这种噪声为“受伤小鸟的哭声”。

“好啦！”玛莎说，“我们走。”随后，她突然冒出了一个想法。婴儿车的后面挂着个帆布袋，里面装着露西的小玩具和零食。玛莎从袋子里面找到一根蓝色的粉笔。她迅速蹲下，在路口写下了 OLIVE（奥莉芙）几个宽大的字母。然后，她本能地取下了手腕上的手链，将它盘进了字母 O 里。这个手链是玛莎自己做的。珠子颜色的排列像一道彩虹，红橙黄绿青蓝紫……

“走！”露西叫道，“走了！”

“这就走！”玛莎说，“安静！”

“我们去哪儿啊？”她们朝尼克伯克大街方向走时露西问道。

“我们回家。”玛莎说道。她完全没意识到自己说话的语气像她两岁的妹妹，也没意识到尽管她推着婴儿车，手里仍旧紧握着那根粉笔，而粉笔已经把她的手染成了蓝色。

7.七月中旬的电话谈话

“喂？”

“荷莉，是我。”

“稍等一下，我正吃巧克力豆呢。好了。”

“你听说奥莉芙·巴斯托的事了吗？”

“听说了。天哪！简直难以置信。”

“太惨了。我妈妈今早上班时碰巧目睹了那场车祸。她从办公室打电话问我认不认识奥莉芙。”

“乔什·斯威尼告诉我这件事的。他说她没有戴头盔，头都掉下来了，血还不是红色的，是黑色的。”

“假的。乔什·斯威尼是这世界上最笨的混蛋。我都想不明白你是怎样在他隔壁住下去的。”停顿，“他对奥莉芙很不友好，丹娜·路易斯也是。”

“我知道。”沉默，“我讨厌走门罗大街。”

“我知道。”沉默，“我很难过，我是说，我们应该对她好点儿。”

“玛莎，我们对她很好。”沉默，嚼巧克力豆的声音，“没有不好。”

“我知道。但是，午餐时我们应该邀请她和我们坐在一起，或者至少应该多和她说说话什么的。”

“我觉得，她有点儿……古怪。”

“别这么说一个死去的人。”

“好吧，可她就是有点儿怪。”

“她很好。她很文静。”

“算是吧。”

“我认为她没几个朋友。”沉默，“没朋友的感觉太糟了。”

沉默。

咀嚼声。

沉默。

“玛莎·波义耳，你想太多了。我爸爸说如果想太多了，就会有烦恼。”沉默，“他经常对我妈妈这样说。”

沉默。

“嘿，玛莎，你想去史泰特大街玩吗？我问问我妈妈会不会带我们去。也许我们还可以一起在那儿的美食车上吃午餐呢。”

“我不知道能不能去。”

“芒果糯米饭怎么样？”

“也许我能去。”

“如果能去就打电话给我。”

“好的。”

“拜拜。”

“拜拜。”

8.哈伯德女士

“你听我的节目了吗？”

奥莉芙·巴斯托是在情人节前几天转进玛莎班的。学校是在六月的第一个星期放的假。

“我们采访的那位女士非常棒。她是一名八十八岁的潜水爱好者。”

夺走奥莉芙生命的车祸发生在七月中旬。

“你想听听有关她的事吗？”

奥莉芙的妈妈是在八月中旬交给她那页日记的，就在几小时前。

“我就当你想听了。”

玛莎的母亲，爱丽丝·哈伯德在玛莎的床边坐了下来。玛莎已经坐在床上了，她们中间放着一个收拾了一半的小手提箱。

“等我八十八岁时，我就想成为她那样的人。”玛莎的妈妈说。她从手提箱里拿出一件衬衫，重新叠好，然后轻轻地放回箱子里。她抬起头，注视着玛莎，想听女儿说些什么。

玛莎眉头紧锁。“我有点儿心不在焉，对不起。”她试图把奥莉芙的事情理出头绪。然而，玛莎意识到自己什么都不知道。奥莉芙几乎是个谜。

玛莎对奥莉芙的生活一无所知，对她的家庭一无所知，只知道她妈妈骑着一辆旧自行车，梳着长长的辫子。奥莉芙的学校生活，从玛莎的角度来讲，也提供不了任何信息。奥莉芙几乎是个隐形人，除非她被乔什·斯威尼或丹娜·路易斯欺负，否则没人注意到她什么时候穿过走廊，又是怎么度过一天的。

“看得出我的话题让你觉得很无聊。”玛莎的妈妈说着从床上站起来，准备离开，“我还是让你一个人待一会儿吧。”

“随便你。”玛莎说。“我是说，您不用离开。”她补充道，试图让之前那句话听起来不那么刺耳。

“外卖到了我叫你。”走廊里传来妈妈的声音。

“文斯回家了吗？”

这次是玛莎的问题得不到回答。要么是她妈妈没有听到，要么是妈妈为了小小地报复一下玛莎而无视她。

最近，她们一直惹恼对方，激怒对方。

玛莎的妈妈在威斯康星州公共广播电台工作。她制作并主持了一档谈话节目，每个工作日早晨播出，晚上在全国范围内重播。过去，玛莎常常以此为傲。（“您真的上电台了，妈妈！”“纽约州、加利福尼亚州和佛罗里达州的人每天都能听到您的节目！”）但随着年龄的增长，这常使她感到难堪。（“我简直不敢相信您说出了‘胯’这个字，全世界的人都能听到。我以后在学校再也抬不起头了。”“您的笑声太……恶心了，妈妈，您能不笑吗？求求您了，如果您还爱我的话。”）

有时，玛莎生妈妈气时，或是感到被她无视时，就在心里叫她“哈伯德女士”，而不是妈妈。另一些时候，玛莎对她的妈妈又爱又恨，毫无预兆，仿佛她的情感完全不受自己控制。

没有妈妈坐在她旁边，那张床顿时变得又大又空。玛莎想要妈妈回来，这样就能和妈妈聊聊奥莉芙的事情。她想和妈妈窝在一起，就像小时候那样。

很快，悲伤和渴望转化成了暴躁和愤怒。

“谢谢您的帮助，哈伯德女士。”玛莎说。

9.文　斯

玛莎的哥哥文斯比她大整整一岁。玛莎出生于文斯一岁生日那天。“我是你收到过的最好的生日礼物。”过去,玛莎经常这样说。

除了生日,他们还共用一个房间,一直到玛莎上三年级,文斯上四年级。当时,文斯提出要一间属于自己的房间,说自己看不起女孩子。但玛莎并没有让步,所以文斯搬了出去。

玛莎从来不相信文斯的话,事实证明她是对的。证据就是文斯睡前,几乎每晚都要去她的房间找她聊天,持续了好几年。有时候他们会聊上半小时,有时候不足一分钟。即使他俩吵架了,他还是要去她门口晃一下。

“你真是个笨蛋！”文斯吼道。

“这句话对你加倍适用！”玛莎回敬道。

“如果你再丑下去,我就把屋里所有的镜子移走,把所有的窗子和反射物涂上漆,免得你活在痛苦之中。”

她摔门的瞬间,整栋房屋为之一震。

玛莎钦佩她的哥哥,尽管有时会被他欺负,但她仍旧很喜欢他,也很爱他。他刻薄又有趣,聪明又天真,在重要的事情上极其诚实。有一次,他对玛莎说:“你脖子上有颗青春痘快爆出来了。”还有一次,他说道:“在外面别穿这双鞋,除非你想看上去像个呆子。”

玛莎认为,自己从来也赶不上她的哥哥。他总是比她领先一点点,永远都是。玛莎的这个想法让她一直都感到遗憾。

玛莎坐在床上看着杂志。她是不是该告诉哥哥奥莉芙·巴斯托的事情?在等哥哥出现的过程中,她一直在想这个问题。玛莎的行李已经收拾好了,就放在梳妆台旁边。她已经打过电话向荷莉道别了,但她没有细说奥莉芙的事,并且很快挂断了电话,因为她没有聊下去的心情。

“嘿!”文斯笨拙地跑进房间并跟她打了个招呼。他脸上有很多雀斑,完美地掩饰了那些粉刺。他的雀斑甚至长在了鼻孔、眼皮、耳朵和嘴唇上,真是无处不在。

玛莎感到一阵愉快的清风扫过房间。“嘿!”

“我今天第一次刮胡子哟。”文斯告诉她。他斜靠着床,把脸凑到她面前。

“真的?你刮了?”玛莎问道,她以为他在开玩笑。但当她注意到他下巴皮肤发红，斑斑点点的，她便忍不住笑了起来："为什么刮了？你不需要刮啊。"

"我承认，"文斯说，他往后退了一点儿，"大部分只是汗毛。"

玛莎在卫生间的镜子前仔细观察过自己的脸颊很多次，她知道自己脸上也长着细细的金色汗毛。"我也有汗毛，每个人脸上都有汗毛，你不必刮汗毛啊。"

"胡子比一般汗毛要粗一点儿。"他手托着腮，不紧不慢地说道。

"粗不了多少。"她说，"不会像成年人那样。"

他耸了耸肩，然后眯着眼睛看她。"我得去收拾行李了。"他准备离开。

"嘿，文斯！"她很怕自己刚刚伤了他的心，那是她最不想做的事。

"嗯？"他停住了，但没有转过身，背对着她。他长着漂亮的红色头发，头顶上有一个发旋。

她能说些什么呢？她嘴巴微张，像是说到一半被冻住了一样。"没事。"

"我得走了。"他咕哝道。

她又独自一人了。"晚安。"她对枕头说道。

玛莎瞬间觉得自己很可怜,觉得所有人都要离她而去。

关上灯,房间和她玩起了游戏。墙看上去好像一会儿近一会儿远。玛莎试图清空自己的大脑,什么都不留,彻底清扫干净,但奥莉芙总是会悄悄回来。

看来玛莎要失眠了。她静静地想着大海,回忆着大海的无边无际,这才慢慢进入了梦乡。

10. 飞　机

玛莎坐在飞机上，想要试着写些什么。她把本子放在胸前，不让任何人看到她写的东西。

大约一个小时后，飞机降落到普罗维登斯。玛莎合上本子，把它放进自己的背包。她只写出了一个名字：奥莉芙·巴斯托。

11.闪光的感觉

玛莎全家在机场外面等着机场专线送他们去租车行。玛莎仿佛闻到了大海的味道，她深吸一口气，让兴奋感遍布全身。他们很快就会到达奶奶家，到达海边，她身体里的每一粒分子，每一粒原子都能感受到那份喜悦。

她把这种感觉称为“闪光的感觉”。在他们去奶奶家的路上，总会有这种感觉。

闪光的感觉。她之所以这么命名，是因为她感到皮肤表面和内里的一切都在发光、跳动，仿佛在她的体内有闪亮的金粉。这种金粉会迅速向上穿过层层组织，瞬间闪遍了她的全身。

玛莎闭上眼睛，手臂向上轻轻摆动着。她无法控制自己，兴奋得小声尖叫起来。

“你以为自己是什么？鸟吗？”文斯说。

她收回手臂。

“机场专线到了。”爸爸说，“拿上所有的东西，走快点儿。”

他们在拥挤的人群中走着。妈妈用行李箱碰了碰玛莎，说：“快点儿，亲爱的。”

闪光的感觉瞬间消失了。

12.奶　奶

天空一片蔚蓝，阳光明媚。海面映照着蓝天，风平浪静，波光粼粼，就像高档舞厅里的地板。对玛莎而言，这是最美的风景，是奇迹。大海会让她感受到自己的渺小，这使她有些害怕，但仍然很兴奋。她并不想在海面上行走或是跳舞，也不想游泳。她想成为大海。

“我爱这里！”玛莎对奶奶说道。

“我也爱！”奶奶回答道，“特别是当你在这里的时候。”她的嗓音平和而有力，掩盖住了她八十二岁的高龄。

她们并肩坐在爷爷做的椅子上，眺望着巴泽兹湾。爷爷在玛莎出生前就已经去世了，他们一直住在这里，一座用雪松木搭建的小屋。

“陪我一会儿，好吗？”奶奶说，“别像你哥哥和妹妹那样乱跑。”

玛莎微笑着点点头。

文斯已经从视线里消失了，他跑去看他的朋友——住在海滩边的曼宁一家。曼宁家有五个兄弟，年龄从九岁到十四岁不等。虽然文斯每年能见到他们一两次，但他总能很轻松地融入他们的圈子里。

玛莎对曼宁一家的态度多年来已有所改变。她喜欢过他们，无视过他们，容忍过他们，讨厌过他们，恨过他们，现在她却发现自己很想见到他们，尤其是泰特。泰特十三岁，跟她差不多大。她在想他今年长成什么样子了，去年八月份后，他又有什么新变化。

露西跑得还不是太远，但也不近。海边的海藻引起了她的注意。她用树枝搅动着海藻丛。“丝带！”玛莎听见她的叫声。“棕色丝带！”妈妈像影子一样跟在露西后面，不超过几步远。

“爸爸去哪里了？”玛莎疑惑地问道。

“估计他在偷看我的抽屉和药柜。”奶奶说，“他总爱这么做，很烦人。不过，这是一个好儿子应该做的。总有一天，你也会用这种方式来关心你的父母。我知道，这对你来说很难相信，但那一天总会到来的。”

一只孤独的银鸥从天而降。它在击水前恢复了平稳，发出刺耳的叫声，然后飞向天空，又俯冲向海面。随后，它朝着玛莎直直地飞了过来，距离近得让玛莎不由自主地后退了几步。

"你们才刚到这里几个小时。"奶奶继续说,"你爸爸太关心我的身体状况了,问的问题已经能填满大海了。当我一个人在这里时,我承认,我只想着自己的事,但现在我想着你的事。"

"我?"

"你!"

玛莎耸了耸肩。"我可以告诉您有关露西的趣事。"

"不用。"奶奶说,"告诉我关于你的事。"

玛莎又耸了耸肩。"我没什么好说的。"

"我才不信。"

"露西的事更有趣,"玛莎说,"还有文斯……"她觉得自己说不下去了,这对奶奶来说没有任何意思。

"露西太小了,我还不能真正了解她。"奶奶说,"而文斯呢,我们已经有些隔阂了,他与我渐行渐远。"

她会怎么说我呢?玛莎这么想着。但是,奶奶突然停止了说话,玛莎不知道这是不是意味着该轮到她说话了。

远处传来露西生气的哭声,恰好填补了这段沉默。

"我有个主意。"奶奶突然说,"你在这里的每一天都要告诉我一些关于你的事,一些我不知道的事。"她停顿了一下。"还有,为了公平起见,"她补充道,"我也会告诉你一些我的事。你觉得如何?"

“好吧。”玛莎实在不忍心让她最爱的奶奶失望。

“很好！”奶奶说，“谁知道这会不会是我们在一起的最后一个夏天呢。”说完，她移开目光，闭上眼睛，歪了歪头，充分享受着阳光。

13.很　好

奶奶用那双极富洞察力的大眼睛盯着玛莎。“我没生你的气，亲爱的。”奶奶说，“我也不想烦你，只是人一旦到了我这把年纪，就会有很多事情难以预测。”她轻轻地清了清嗓子。“我并不想搞得很神秘。”

玛莎静静地听着，她的表情很严肃。奶奶的话让她突然有了一种巨大的解脱感。她勉强笑了笑，说道：“我不知道爸爸听到刚才那番话会做何感想。”

“我能接受。现在，冲我真心笑一笑，让我知道你内心里没有痛苦。”

玛莎努力地顺从了。

虽然奶奶是用一种很平静的声音说的，但那句话还是吓到了玛莎。“谁知道这会不会是我们在一起的最后一个夏天呢。”玛莎单独找到爸爸，告诉他奶奶刚才说的话，并问出了那个可怕的问题：“奶奶要死了吗？”

于是，就有了爸爸在厨房里与奶奶的一番谈话。玛莎只听到低语声。奶奶的声音听上去比较优美，而爸爸的听上去像是在责备。直到爸爸猛地拉开门之前，她什么也听不清楚。

“她已经十二岁了，您认为她会怎么想？大家会怎么想？”爸爸说着，离开了厨房。当他从玛莎身边经过时，对玛莎说道：“你奶奶很好。”他严厉地甩下了“很好”两个字，这两个字几乎要划破空气了。

奶奶似乎毫不在意。她向她的儿子挥了挥手，就好像她在赶苍蝇一样。但玛莎认为自己应该对爸爸的情绪负责，这情绪就像是乌云一般笼罩着整栋房屋。

“他不懂得如何度假。”奶奶说，“从小就不懂。”

爸爸的情绪到晚饭时也没有好转。露西因为没有吃到香蕉味的婴儿食品，狂发脾气。

“我要吃香蕉！”露西说。

“可恶！”爸爸说，“最后一罐你已经在飞机上吃光了。”

“你没多带一些吗？”妈妈问道。

“我不可能什么都考虑到！”爸爸反驳道，语气有点儿生气。

“橱柜里有香蕉。”奶奶说，“我拿一根来捣碎吧。”

“算了吧，妈妈。她不会吃的。”爸爸说。

露西很挑食。香蕉味的婴儿食品是她目前最爱吃的食物之一。

“香蕉！”露西尖叫道，“我要吃香蕉！”她前后摇动着椅子，那椅子上垫着一摞书，这样她才够得到桌子。她的脸越来越红，嘴唇做出难看的形状，眼泪顺着她的脸颊滑落下来。“香蕉香蕉香蕉……”露西叫道。

“别闹了！”爸爸拍着桌子命令道，“我说别闹了！”

整个小厨房都在摇动，甚至有东西掉落下来。

露西开始歇斯底里，她快速地扭动身体，晃倒了她坐着的一摞书，她和书都跌了下来。她磕在了桌脚上，四处挥舞着手臂。

玛莎的妈妈立刻抱住露西，用手臂环住她扭动的身体，抚摸她，好像这样做能平息她的怒气。

“我们现在是在度假。”文斯说，“我能感到每一块肌肉都在放松。只要全家人待在一起，谁还需要冥想放松？我觉得我的脚指甲都放松了。”

玛莎环顾了一下这间屋子。除了奶奶，她讨厌所有人。她讨厌露西太挑剔；她讨厌爸爸发脾气；她讨厌文斯在奶奶面前太刻薄；她讨厌妈妈的袖手旁观。妈妈难道不应该解决所有问题吗？不应该让一切尽善尽美吗？

露西安静了下来。她呜咽着，并打着嗝儿，在胸腔两次剧烈起伏间，呻吟道："我现在高兴了。"

"等她完全冷静下来后，我要去趟商店。"玛莎的妈妈说，"我可以把她也带去。"

"不，我去吧！"玛莎的爸爸说，"我自己一个人去，现在就去。"

门摔上的一瞬间，气氛很尴尬。在片刻的沉默后，玛莎悄悄地咯咯笑着。文斯转动着他的勺子，也在得意地笑着。露西高兴地尖声问道："爸爸呢？他躲到哪里去了？"之后，就仿佛什么异常情况都没发生过一样。

"请把盐递给我一下，文斯。"奶奶说，"这汤有点儿淡。"

14.游戏棋

玛莎的爸爸迟迟没有回来。玛莎开始有点儿担心了。

其他人看上去都很平静。文斯去曼宁家过夜了。玛莎的妈妈和露西在楼上的大卧室里，现在很可能在睡觉，因为玛莎没有听见楼上有任何说话声或脚步声。(露西需要有人睡在她身边，直到她睡着。妈妈说："我尽量十五分钟之内回来。"但四十五分钟已经过去了，她还没有下楼来。玛莎认为她一定是在旅途中累坏了，很可能没换衣服就睡着了。)奶奶一边哼着歌，一边和玛莎在饭桌上玩游戏棋。玛莎的脑海中正盘旋着一个想法：爸爸不会回来了。而奶奶的心思似乎只在游戏棋上。

玛莎为了掩饰她的走神儿，将身子向前倾斜，用手轻轻敲打着牙齿，假装正在思考战略。

在这里度假的日子，他们通常每天晚上都要玩游戏棋。玛莎已经记不得用这个棋盘和这些棋子玩过多少次了。这些棋子是木质的，已经磨损了，摸起来像玻璃一样光滑。时间长了，玩的次数多了，这些棋子的颜色也变淡了。红色的变成了脏兮兮的粉色，就像一块旧橡皮。黄色的则变成了黯淡的灰色。

文斯的缺席让玛莎很心痛。以前经常是奶奶、文斯和玛莎三人在一起玩。

文斯准备出门去曼宁家时，玛莎对他说："别走，留下来吧。"

他没有停下脚步，但他转过头看着自己的妹妹，对她露出了他的招牌笑容。如果他的想法能写在脸上，玛莎认为他脸上应该写着：游戏棋？我要离开这里。你们都太无趣了。

世界在玛莎的眼前瞬息万变，她对此感到反感。

"你注意力不集中。"奶奶说。

玛莎耸了耸肩。她实在无法集中注意力。

"好啦。"奶奶说。她将棋子和骰子都放进盒子里，然后将棋盘放在最上面，最后盖上盒盖。

玛莎抿起嘴，让人看不见她的嘴唇。

"你和文斯都不想陪我玩。"奶奶说。

"不是的。"

"那我们可以开始了吗？"

"玩其他游戏？"玛莎迷惑地问道。

"不是，亲爱的，"奶奶说，"我们之间有过约定，你还记得吗？你准备好告诉我一些关于你的事了吗？还是我先来？”

“我……”玛莎颤抖着低声说出了自己的秘密想法，“我现在很讨厌我的家人，讨厌每一个人。”她说出每一个字时，都能感受到自己的心脏在剧烈地跳动。她被自己的话吓到了，仿佛这话是从别人嘴里说出来的。“讨厌每一个人，除了您。”她继续说道。

玛莎无法相信自己都说了什么。她也许很讨厌她的爸爸，但他是奶奶的儿子，唯一的儿子。“对不起。”她补充道。为了不让自己哭出来，她不得不拿出所有的意志力来控制自己的情绪。

奶奶看着她，满脸同情地说道：“我懂。虽然很难令人相信，但我至今还记得那种感觉。”

在奶奶要求她深入解释这个问题前，玛莎说：“您能告诉我一些您的事吗？”玛莎心里想着：在我放声大哭前，请快点儿说。

“你想知道我讨厌什么吗？”奶奶问道。

玛莎点点头。

奶奶说：“去年的某一天，醒来后我突然觉得嫌弃自己的手，十分嫌弃。我知道我正处于人生的某个阶段，我应该接受一切。但那双手就像丑陋、跛脚的螃蟹一样令我讨厌。”

玛莎看了看那双手。也许奶奶是对的。奶奶放在桌面上的双手像螃蟹一样蜷曲着，手指很细，手上斑斑点点，关节突出。玛莎之前从未注意过。那一直是奶奶的双手——只是奶奶的手。

“还不错。”玛莎低声说。

“亲爱的，不用安慰我。”奶奶边说边将手指弯了起来，“我年轻时，有个男孩曾说过要画我的手，他说我的手很漂亮，你相信吗？”

他可能不仅仅只认为你的手很漂亮，玛莎想这么说。“他画了吗？”她问道。

奶奶说：“你知道，我当时很害羞……”然而，她只能说到这儿了。从窗外射进来的光束打断了她的话。然后，光束消失了。

是车灯。

玛莎赶紧吸了口气。“爸爸回来了。”她说道。她听见了熄火和关车门的声音。她怪自己之前想得太多了，爸爸不是那种人，他不会弃家不顾的。

爸爸拎着三个购物袋进了厨房。他说：“我跑遍了这里所有的商店，现在我们有足够的香蕉味婴儿食品了。”

如果他用另一种语气说出那些话，玛莎不用想就知道他在生气。但他的声调和动作很轻快，脸色泛红，两眼放光，似乎心情不错。

他将一袋东西倒在桌子上。十几个小罐子叮叮当当地滚着，竟然无一破损。

他说："我在开车的时候，有了一个新想法。我做了个决定，一个重大的决定。"他停顿了一下，四处张望，然后问道："你妈妈呢？"

"她在楼上。"玛莎回答说。她正试图猜测爸爸做了什么决定，使他完全变了个样。有问题。但她又说不出是什么问题。"我想她在睡觉。"玛莎补充道。

"那我先告诉你们两个，看看你们的反应。"爸爸说。

15.爸爸的决定

玛莎琢磨着爸爸的话。

他的决定使她感到很震惊，因为那个决定改变了他。爸爸离开时，满脸怒容，回来时，却表情缓和，甚至连肌肉都放松了。

爸爸已经下定决心放弃小说写作，重新开始朝九晚五的工作，要么回到之前的律师事务所，要么去其他地方，任何地方。

“爱丽丝会怎么想？”奶奶问道。

突然，爸爸的脸上又出现了怒色，然后他平静地说：“我想她会同意的。多一份收入总不是坏事。这样我会更开心，大家也都会开心。”

这个决定意味着露西一周得多去几次幼儿园了，但这与玛莎无关，那是爸爸妈妈的事。

对玛莎来说，这个决定意味着她现在是家里唯一一个可以尽情写作的人了！

本来就该如此。

16.亲　吻

在一个新的地方早晨醒来时总是充满了令人兴奋的陌生感。在你意识到自己身在何处，并且为何到那里去之前，你会觉得自己好像在梦里生活了几分钟。

有些事物似乎每年都一样：响在耳边的海浪声、跟金丝雀颜色一样的黄色墙壁，还有散落在窗台下如糖果般的海玻璃和贝壳。

还有这房子里的气味，闻起来就知道这是奶奶家。玛莎试图将房子里的气味分成几部分，但她能想到的只有厨房水槽的味道、火炉的味道、洗手液的味道、湿床单刺鼻的漂白剂味道。但应该还不止这些，因为房子里的各种味道混合起来后非常好闻，这是最令玛莎宽慰的事。

当然，还有大海的味道，但这味道似乎不在上述组合中，因为它更浓烈。

玛莎靠在床上，听到楼下传来的笑声。她深吸了一口气，像猫一样伸了伸懒腰,然后边下楼边高兴地想:我要成为一名作家了。

露西在厨房门口玩耍。玛莎弯下腰,让露西给她一个早安吻。按照她们的传统,露西抱住玛莎的脸,双手放在脸颊处,和她姐姐来了个戏剧性的接吻。如果露西没能亲准姐姐的嘴唇,她便宣布没亲好,要再来一次。有时要亲十几次才能亲准,露西才会高兴。

"亲得不错。"露西只亲了一次便说道。

"亲得非常好。"玛莎说,直起身子。

"不对!"露西跺着脚说,"仅仅是不错。"

"好吧。"玛莎说,"是不错。"

"没错。"露西说。

玛莎突然觉得穿着粉红荷叶边泳衣的露西很像一朵牡丹花,于是她悄悄地笑起来。

"她可是个大人物。"奶奶说,"别看她身材小,但她能量巨大。"奶奶说着朝玛莎走过去,学着露西的样子捧起玛莎的脸,亲吻她。

"亲得不错。"玛莎说。

更多的亲吻。玛莎的父母正站在水槽边,亲吻,微笑,亲吻,大笑。

他们将玛莎拉过来，亲吻她的头顶。在父母的包围中，玛莎忘记了自己讨厌她的家人。

玛莎挣脱父母的包围，问爸爸："您告诉妈妈您的决定了吗？"

"他说了。"妈妈说。

"我告诉她了。"爸爸说。

"我们想去港口散步。"爸爸说，"你要和我们一起去吗？"尽管他没有笑，但脸上却藏着无尽的笑意。

"大家都吃过早饭了吗？"玛莎问道。

爸爸妈妈点了点头。

"我吃了香蕉。"露西说。她把手放在自己圆圆的肚子上打圈圈。"香蕉香蕉香蕉！"她摇头晃脑地补充道。

"我留下来陪奶奶吧。"玛莎说，"顺便吃个早饭。"她看到厨房水槽里堆满了脏盘子和脏碗，又接着说："我再帮忙把这些洗了。"

但她脑子里想的最重要的事既不是吃早饭，也不是洗碗。

17.作　家

没有海风吹过的厨房又闷又热。阳光从窗外射进来,使房间里更加闷热。玛莎浑身汗水,她伸出舌头,舔去人中处的汗水。

除了奶奶的卧室里有一个小型的窗式空调外,家里就没有其他空调了。这里也没有洗碗机,没有电脑,没有手机,只在后门边上有一个固定电话,连着弯弯的黑色丝绸般的电线。在玛莎看来,奶奶家的生活很复古。但是,那些玛莎在家里离不开的东西,在奶奶这里她一点儿都不想念。

玛莎吃过了早饭,盘子和碗也洗好了。

她拿起一个洗干净的空婴儿食品罐,问道:“这些东西该如何处理呢?”

“我会把这些保存起来。”奶奶说道,“难说哪天它们就派上用场了。盖了也要留着。你帮我把它们在窗户下面排好吧。”

玛莎按照奶奶的指示做了。她在 块薄薄的洗碗巾上擦干了手。玛莎看着自己的手想起了奶奶那双苍老的手。她想知道奶奶接下来又会告诉她什么呢。

“我们坐到外面去吧。”奶奶说。

“我换好衣服就来。”玛莎回答说,眼睛向下瞄了瞄自己当睡衣穿的橙黄色背心。她认为在橙黄色的对比下,她红色的头发就不会那么吓人了,所以她喜欢穿橙黄色的衣服。她还把自己蓬乱的头发向后梳成了一个马尾辫。如果她不梳,她的头看上去就像着了火,火焰四散开来,十分引人注目。有时,她很怀疑橙黄色会不会让她的头发变得更加惹眼。然后,她会将自己生活中的所有事情都怀疑一遍,如此不断反复。

她换好衣服,来到门外坐在奶奶身边。玛莎换了件干净、宽大的亮橙色背心穿在泳衣外面。

“你看上去没什么变化,亲爱的。”奶奶说。她穿了一件松垮的印花裙子,颜色很柔和。

玛莎决定直接进入正题。新的一天,她想继续履行她们的约定。她希望通过和奶奶的谈心缓解一下昨天说过那些话后的尴尬。玛莎将身子坐正,放平肩膀,想了想自己要说的话,那些从没对别人说过的话。“我想当一名作家。”她慢慢地轻声宣布道。“不是爸爸那种的,但这是个秘密。”她迅速补充道,并提高了音量以示重要。

奶奶将草帽的帽檐转到脑后。“多好啊。”她低声说道，“这想法非常不错。”

玛莎望向大海，眼中闪着光。她觉得，告诉别人后这想法显得更真实了。她咬住下嘴唇，露出了微笑。

“我今年一本书都没带来。”玛莎说，“这样我就可以专心写书了。”

“天哪！”奶奶说，“你是认真的？我难以想象你不埋头苦读的样子。去年这时你读的是什么书？”

“《杀死一只知更鸟》，那本书我至少读了十遍。”玛莎说。

那本书是她爸爸小时候读过的，书里的扉页上还写着他的名字，字体凌乱潦草，很男孩子气。有时，玛莎看到这签名就会想到爸爸再也不可能重新回到她这个年纪了。

阳光照射在奶奶的眼镜上，把她的眼睛变成了白色。“你想写什么？”奶奶问，“或者，我应该这样问，你写了些什么？”

“没写多少。大部分写的都是学校里的小事。”玛莎停顿了一下，接着说，“我想写小说。”

“你为什么要把这当作秘密呢？”

“因为我不想让爸爸认为我在学他，不过现在这些都不重要了。但我想等自己写出长一些的文章后再告诉大家。”

“你想好写什么了吗？”

“嗯……”玛莎吸了口气。突然，她的思绪飞到了其他地方，大脑开始活跃起来。

一阵风吹过，奶奶的帽子被吹翻了。花园里的玫瑰花沐浴在阳光下，香味随风飘散，十分浓烈，很像樱桃的香味。

“你在听我说话吗，亲爱的？”奶奶问道。

“在听啊。”玛莎回答道，她显然走神儿了，“我在想我的小说，是关于一个叫奥莉芙的女孩的故事。”

18.恍　惚

“又来了。”奶奶说，“你又开始走神儿了。我想你现在应该去写你的书了。”她的前额布满了皱纹，鼻梁上有因为戴眼镜而留下的痕迹。

“嗯？”玛莎问道。

奶奶点着头朝海边走去。“好吧。”奶奶说，“去当作家吧。”她的裙子被吹得像个鼓鼓的船帆。她按住帽子，对玛莎说道：“我去花园看看书或者打一会儿高尔夫。”

几分钟后，玛莎躺在海边的一块平坦的岩石上，准备开写了。此时她才想起来，她还没有听奶奶继续讲她的事呢。“过一会儿。”玛莎自言自语道，“我过一会儿再问她。”她翻开本子，开始写起来：

女孩独自来到海边。

不对。玛莎翻到下一页，又重新开始写：

女孩离家出走，最终跑到海边，身上只背着一个背包……

也不对。玛莎咬着笔杆。她记得奥莉芙想好的小说第一句话是关于一个孤儿的，于是她重新写道：

她的名字叫奥莉芙。她哭着来到奶奶家。她是一个孤儿。她握着奶奶满是皱纹的手，不停地哭泣。突然，她听到了海浪声，她抬起头看到巨大的海浪打在岩石上，顿时忘记了自己的悲伤。

玛莎想不出再写点儿什么。她合上本子，在炎炎烈日下闭上双眼，睡着了。

19.吉米·曼宁

远处传来了笑声、吵闹声、口哨声、叫喊声。

玛莎刚做了一个梦，梦见自己在水下行走。她睁开眼睛，坐起来，又湿又咸的空气像蚕茧一样将她包围。海风吹在身上，和梦里被海水推阻的感觉很相似。

男孩咋咋呼呼的声音越来越近。玛莎听见有人在叫她，便转过身来。

她的哥哥文斯和曼宁家的五个兄弟——吉米、泰特、托德、卢克、雷欧——正沿着海滩奔跑。大哥吉米跑在最前面，手里拿着摄像机。卢克和雷欧年龄偏小，大部分噪音都是他们制造出来的。他们用手互戳对方，互相对踢，时而咕哝，时而尖叫。

“玛莎！”她分不清是谁在叫她。

玛莎将本子和防晒霜丢进包里，将毛巾系在腰上，很好奇地朝男孩子们走去。她想知道他们在干什么。她很想好好儿看看泰特。

她走近曼宁兄弟，看清并认出了他们，但让她感兴趣的却不是泰特，而是吉米。她盯着吉米看了足足有一秒钟。他看了看她，然后微笑着看别处去了。

“你们在干什么？”玛莎问，眼睛扫过一个个脑袋。

“吉米在拍电影。”文斯说。

“我们有参演。”雷欧傻傻地说，并且向玛莎鞠了鞠躬。

“电影的名字叫《世界并不是你想的那样》。”吉米自豪地说道，嘴角得意地翘了翘。

听到他声音的那刻，玛莎才知道刚才是他叫了自己的名字，这使她一下子有点儿蒙。

随后，吉米一边打量着玛莎，一边问道：“怎么样？”

玛莎在想：她错过了什么？她不知道他指的是什么，但她看到吉米在等她回答，于是她沙哑地重复道：“怎么样？”

“怎么样？”吉米说，“你愿不愿意来我家看我拍的电影？”他又小声补充道：“我们可以甩开这些家伙。”

她紧张得口干舌燥，微微点了点头，努力地笑了。

20.世界并不是你想的那样

玛莎双手互扣成尖塔形,就像小时候玩拍手儿歌那样。她用塔尖碰下鼻子,然后又将手放到腿上。

玛莎被吉米的电影吸引住了,同样也被吉米本人吸引住了。他坐在离她不到半个沙发的距离,她可以闻到他防晒霜的味道(椰子味)和他口香糖的味道(葡萄味)。她不停地偷瞄他,脑袋一动不动。他先深深地陷进沙发里,然后又向前倾。当他变化动作时,他黄褐色的头发会遮住他绿色的眼睛。她觉得他眼睛的那种绿色如同碎玻璃的颜色。

“世界并不是你想的那样。”一个声音说道。玛莎认为那是吉米的声音。不知道为什么,那声音听上去很机械,很像机器人。屏幕上慢慢播放着画面:海水、沙滩、阳光、各种形状奇特的云彩、海鸥、水面上的浮木、随风颤动的海草……令玛莎印象深刻的有两个场景:一幕是风吹积出来的沙丘,一望无际,看上去像是面包店烤箱里一排排的小圆面包。还有一幕是白色的光束，像是连接海与天的阶梯。玛莎认出了其中的一些地方：小海湾、港口，甚至还有奶奶花园里的玫瑰花。

然后画面的基调有了转变。屏幕里看到的是人、停车场、垃圾堆。之后，画面切换得非常突然：一个很胖的男人，穿着泳裤，他腰上的赘肉走起路来左右晃动；一个又瘦又高的长发女人，皮肤被晒成了深棕色，穿着比基尼，戴着太阳镜，手拽着身后大喊大叫的孩子；一个约十岁的女孩，满脸泪痕，双臂交叉，用脚指头戳着海边的泡沫说道："我不要游泳，我才不要游泳呢。"整个过程中，吉米的声音一直在问："大自然，漂亮吗？大自然，漂亮吗？"

画面黑屏了几秒钟。"这是大自然部分。"吉米低声说道。他把关节按得咔咔作响，嘴里使劲嚼着口香糖。"接下来是家庭部分。"他说道。

家庭部分是从曼宁家饭厅的一个镜头开始的。玛莎认出饭厅是因为过去几年里，玛莎去曼宁家做过几次客。她记得那墙纸，上面有柳枝和藏在柳叶下的小鸟。有一次去他家做客，玛莎感到无聊，就开始数墙纸上有多少只小鸟，然后想象自己也是其中一只，在迷宫般的森林里飞来飞去。现在她在想：跟吉米同坐一桌，怎么会感到无聊呢？

摄像机对着墙上的一张照片推近了镜头。这是曼宁家近期照的一张全家福,每个人都在笑,看上去很开心。吉米的旁白声在动听的背景音乐声中出现了:“世界并不是你想的那样……”玛莎也轻轻地说着同样的话。这时,曼宁夫妇的结婚照在屏幕上闪了一下,随后是曼宁家五兄弟婴儿时期的单人照,个个光着头,圆圆的脸上挂着可爱的酒窝。十只眼睛都有着长长的睫毛,闪闪发光,绝对是亲兄弟。

音乐停止了。

接下来的画面是渐渐推近的,从门口慢慢拍到坐在屋里的吉米的父母。傍晚的夕阳照到他们身上,把他们和门外阴影下的一切都染成了金色。摄像机又推近了些。曼宁夫人正在哭泣,不停地用拳头敲打着桌子。曼宁先生隔着桌子坐在她对面,他像一只疯鸟一样挥舞着手,然后将手放到脖子后面不动了。

曼宁夫人:“好吧。你说啊！你说啊！”

曼宁先生:……

曼宁夫人:“任何事都可以说！”

曼宁先生:……

曼宁夫人:“你总是这样！”

突然,吉米的父母察觉到了摄像机,朝它看过来。吉米的妈妈遮住脸走开了。他的爸爸愤怒地走了过来。“把那该死的东西关了！”他吼道。他伸出手来,他的手逐渐变大,跟拳击手套一样又大又黑,整个屏幕都是他的大手。

玛莎能看出摄像机经过一阵争夺后被抢走了。

旁白出现了:“家庭是不是很美满?”

然后是对泰特、托德、卢克和雷欧的采访。每个采访的拍摄背景都是白色的。

泰特:“我没什么好说的。我讨厌摄像机。”他停顿了下,继续说道:“吉米,你是个浑球儿。这句如何?”

在泰特逃出采访前,吉米对他脏兮兮的下巴进行了特写,他的下巴在背景灯光的映衬下显得很灰黄。

托德:“爸爸是个独裁者,他总是吼叫,比世界上任何一个人吼得都多。但他吼不过妈妈,因为她会尖叫,还赢过尖叫奖。我想我宁愿成为一名孤儿,被巨富人家领养,住在很大的房子里,不用去上学。那样一定很棒。”

卢克和雷欧是一起接受采访的。

卢克:“雷欧经常模仿我。”

雷欧:“我没有。”

卢克:“你有。”

雷欧:“我没有。”

卢克:“我没有。”

雷欧:“住口。”

卢克:“住口。”

雷欧:“看到没?你就是个模仿者!”

卢克:“看到没?你就是个模仿者!”

雷欧:“闭嘴!”

卢克:“闭嘴!”

雷欧:“我恨你!”

卢克:“我恨你!”

卢克推雷欧。

雷欧推卢克。

卢克打雷欧。

雷欧揍卢克。

雷欧:“妈妈!”

卢克:“妈妈!”

画面里只剩下白色的墙。

旁白又出现了:“家庭是不是很美满?”

21.私密时刻

“目前,我就拍了这些。”吉米对玛莎说。他关掉电视,用口香糖吹出了一个半透明的紫蓝色泡泡。

“你拍得很不错。”玛莎说。她真心这么认为,而且她觉得吉米拍的内容很有深度。

“我还没给爸爸妈妈看过。”吉米说。

“哦。”玛莎说。她猜到了,曼宁夫妇的那一幕让她感到害怕,但她明白家家都有本难念的经,每个家庭都会有争吵或者其他的私密时刻。要是前一天在奶奶家的那一幕被拍到了怎么办?这想法让玛莎感到非常难堪。“哦。”她重复道,实在想不出更合适的话了。为什么有时找到一句简单合适的话这么难呢?

“我要继续拍完家庭部分。”吉米说,“我要对它进行调整,然后拍摄死亡部分。”“还有爱情部分。”他补充道,咧着嘴对她笑了笑。那是一个让人捉摸不透的笑容。

玛莎满脑子里都是“爱”这个字。吉米说这个字的声音一直回荡在她的脑海里。“我得走了。”玛莎起身说道，“我没告诉奶奶我去哪里。再不回去她会担心的。”

“我会打电话给你的。”吉米说。

很快，玛莎便从黑暗的地下室里走了出来。室外阳光明媚。

泰特突然出现在她旁边。他一直都跟着她吗？他也看到了电影吗？他好像有话要说。“你回来了，我很高兴，我是说，回到你奶奶家。”泰特说。

“我也很高兴。”玛莎回答道。

随后一阵沉默。玛莎系在腰上的粉红色沙滩毛巾掉到了地上，在她的脚踝边围成一团。她赶快重新系好了毛巾，打了个紧紧的结。

泰特四处看了看，表情有些尴尬。“你毛巾的颜色和贝壳内层的颜色一样。”他说。

玛莎点点头。“大概是吧。”她说道，回头看了看曼宁家，望了望窗子，看看吉米在不在，然后准备离开。

“再见。”泰特眯着眼睛说道，朝玛莎挥挥手，看上去像在行礼一样。

“再见。”玛莎说。

玛莎在回家的路上，大声叫道：“吉米！吉米！吉米……”她一直叫到自己耳根发红，心跳加速。

22.味觉与嗅觉

因为满脑子都是吉米，玛莎忘记了自己与奶奶的约定，直到后来在客厅里遇到奶奶时才想起来。奶奶告诉玛莎："我已没有味觉了，嗅觉也不行了。"

玛莎跟着奶奶走在狭窄的过道上，她边走边说："可您昨晚做汤时放盐了啊！"

奶奶笑着转过身，慈祥地看着玛莎。"我想那只是一种习惯，或者说是潜意识。"奶奶停顿了一下，继续说，"其实我是假装还有味觉和嗅觉的！"

这时，露西从旁边跑过，一边挥动双手，一边尖叫。妈妈手里拿着尿不湿紧跟在后面追。"她总是如此，像一阵龙卷风一样。"妈妈边说边追了上去。

这时，电话响了，玛莎觉得肯定是吉米的电话。

"妈，您的电话。"玛莎的爸爸喊道。

"真是一团糟。"奶奶说道，双肩微微提起。她抬起手拢了拢头发，一边很优雅地把头发塞进头顶的银色发髻中，一边走过去接电话。

玛莎一个人待在那儿，看着奶奶渐渐消失在她的视线中。

23.边写边等待

这天晚上，玛莎在等电话时，重新读了一遍自己之前写的内容：

她的名字叫奥莉芙。她哭着来到奶奶家。她是一个孤儿。她握着奶奶满是皱纹的手，不停地哭泣。突然，她听到了海浪声，她抬起头看到巨大的海浪打在岩石上，顿时忘记了自己的悲伤。

然后，她又继续写道：

但是悲伤再次袭来，久久萦绕在她心间。

奶奶年老体弱。她的手指就像生姜根。奥莉芙想给奶奶做一顿美味的大餐，有感恩节时吃的火鸡，还有复活节和圣诞节时吃的红糖火腿。

“不用了，亲爱的。”奶奶说道，“我已经丧失味觉了。”

奥莉芙在房子里摆满了玫瑰花，想给奶奶一个惊喜。

“是不是很香？”奥莉芙问。

“没用的，亲爱的。”奶奶说道，“我也没有嗅觉了。”

玛莎合上了本子。她检查了一下电话，确认它没坏，铃音也正常。她又打开本子，翻到最后一页，写道：

吉米！吉米！吉米……

她不停地写着，直到整整一页都被写满了。

电话还是没响。

24.雾

玛莎醒来时发现，海面上飘着一团团的白雾，正慢慢向岸边移动。她站在敞开的窗边，双手交叉抱在胸前，手上和腿上起了一层鸡皮疙瘩。

雾会散开，温度也会升高，很快又会是一个晴朗的八月天。但是，玛莎看着大雾，浑身颤抖，心里却想着其他事情：

我今天还能看到吉米吗？

我怎么跟奶奶说我的事呢？

奶奶又会告诉我什么呢？

25.瓶　子

“我现在可以走了吗？”文斯问道，嘴里塞满了食物。

玛莎停止咀嚼，抬头看着他。

“我不知道，你能走吗？”玛莎的妈妈说。她停顿了一下，讽刺地笑道：“你可以走了。”

“无所谓。”文斯离开前咕哝道。

“似乎大家总是被强迫待在一起的。”爸爸说道。

“这毫无意义。”奶奶说，“至少在我看来，这毫无意义。”

但玛莎认为，虽然文斯被迫和他们待在一起，但大家在一起的那种感觉还是非常好的。

玛莎全家都去游泳了（当然，除了奶奶，她躺在岸边遮阳伞下的椅子上望着他们）。然后，大家一起在海滩上野餐。两个野餐篮和一个小冰箱里塞满了各种食物。在游泳和吃饭的间隙，玛莎试着教露西如何用毛巾、篮子和浮木在岩石上搭房子。

“文斯和我以前总这么玩。”玛莎告诉她的妹妹，“在奶奶这里，我们每天都这么玩。”

文斯主动跑过来帮忙。“我来帮忙！”他喊道，“你得把木头嵌进去，这样才牢固。不然风一吹，毛巾就会像帆一样鼓起来。”

过了大约十分钟，文斯的热情度骤降，他说道：“好了，我的任务已经完成了。再见，丫头们！”然后，他朝父母和奶奶跑去，他们正把食物拿出来放在一张旧床单上。

文斯走后，玛莎对这个工程也丧失了热情。吃午饭的时候，她看到这个搭了一半的房子慢慢倾斜，最后倒塌了。

“轰！”文斯说。

玛莎假装漠不关心。

然后，文斯转身走了。

露西在玛莎身边蜷缩成一团，睡着了。

玛莎的父母也走了，打算趁露西小睡的时候去散个步。他们手牵着手朝海滩走去，晃着手臂，踏着海浪。

“就剩下我们俩了。”奶奶说。

玛莎笑着回答道：“很好。”

玛莎从脚边的塑料盒里拿出最后一瓣橘子，将它放进嘴里。她试着不去品尝橘子的味道，而是用鼻子闻，以为这样做就能让她体验丧失味觉的感受。她的鼻翼微张，意味着她正在集中精力。她吞下橘子时突然咳嗽起来，差点儿呛到。她闻了闻自己的手指。橘子味，空气中都是橘子味。

“您还记得橘子的味道吗？”玛莎问道。

“记得。”奶奶答道。

玛莎不安地等待着奶奶接下来的话，也许她不该问这个问题。

奶奶点了点头。“记得。”她重复道，“虽然我现在已经闻不到大海的味道，也不能再沿着海边奔跑，但我仍记得那些东西的味道。很奇怪，时间越久，我对某些感觉的印象就越深。”她耸了耸肩，问道：“你的书写得怎么样了？”

“很难写。”玛莎说，“不过，我已经写了个开头。”

“万事开头难。”奶奶说，“你愿意给我读读你写的内容吗？”

玛莎很犹豫，她不知道奶奶会不会生气，因为故事里奶奶的手指像生姜根。于是，玛莎转过头去不看奶奶。

“那等你都写完我再看吧。”奶奶说，“你知道吗？曾经有一段时间我也想当一名作家，也许因为我们身上都流着波义耳家族的血。”

“那您成功了吗？”玛莎问。

“我只写了一个短篇小说。那是关于一个小女孩跟随家人从海边搬到内陆的故事。离开心爱的大海使这个女孩很沮丧，所以她用瓶子装满海水，带着它一起搬家，然后她把瓶子放在了新家的床头柜上。"

奶奶停住了，眉头紧锁。她叹了口气。"我不知道这故事的结局该怎么写。"她继续说道，呼吸变得急促起来，"所以，我就写她不小心碰倒了瓶子，瓶子掉在地上摔碎了。"

"那后来怎么样了？"玛莎急切地问道。

"结束了。"奶奶回答说。

"就这么结束了？"玛莎追问道。

"我承认写得不是很好。"奶奶说。

"不，我认为您写得很好。"玛莎说，心里甚至有点儿嫉妒。她认为奶奶的故事比她的好太多了，因为玛莎可能会把结局写成是妈妈碰倒了瓶子，也许还是故意的。

睡梦中的露西像只小狗一样呜咽着、扭动着。

"你知道吗？"奶奶大声说道，"今早全家人都还在睡觉时，我吃了你妹妹一罐香蕉味的婴儿食品。纯粹为了好玩儿。"

玛莎哈哈大笑。

"亲爱的，现在我已经告诉了你两件关于我的事。"奶奶说，"那么，你有没有什么要对我说的呢？"她目光坚定地看着玛莎，眼中充满了慈爱和关怀。

不知为什么，玛莎觉得无法控制自己。她脱口而出："我想我喜欢上了吉米·曼宁。"

26.幸 运

玛莎对奶奶说出这句话后,依然好好儿地活着。她身上没有着火,地表也没裂开将她吞噬。奶奶也没有大笑,叹气,或是讽刺挖苦她。

“他真幸运。”奶奶平静地说,“他真幸运。”

27.凯尔·吉尔伯特

玛莎记得,自己曾告诉过别人她喜欢上了一个男孩子。那一次的倾诉使她非常尴尬。虽然倾诉时没有什么问题,但之后麻烦就来了。

那个男孩子名叫凯尔·吉尔伯特。玛莎只向荷莉倾诉了自己的心事。

“他还行。”荷莉说,反应很平静,“不过,他的名字很奇怪。”

“你思路跑偏了吧?”玛莎说。但是,她并没有觉得因此而受到伤害。她很高兴自己能向荷莉吐露心声,这让那种喜欢的感觉更加真实。

玛莎没有对其他任何人提起过这件事,但她觉得有时她对凯尔·吉尔伯特的感觉会写在自己的脸上,就像卡通漫画中人物头顶上出现的云形对话框一样。

“你向他表白了吗?”荷莉一遍遍地问道。

作为回应,玛莎翻了翻白眼,摇了摇头,面露苦相。

"我可以替你告诉他。"荷莉说,"或者,我们可以找个人代为转告。"

"千万别!"玛莎很严肃地回答道。

之后,四月的一个星期五(准确地说,是四月十四日,她永远都不会忘记那一天),玛莎和荷莉在柜子边整理着第一节课需要的书本时,荷莉说:"玛莎,凯尔·吉尔伯特在这儿。"

玛莎正弯着腰,身体向前倾,脑袋有一半伸进了漆黑的柜子里。"对,你说得没错。"她漫不经心地回答道。

"我说真的。"荷莉说。她声音很轻,但音调很高。

玛莎发出亲吻的声音。"我爱你,凯尔。"她边开着玩笑,边转过身来。她发现凯尔·吉尔伯特正和她面对面地站着!

玛莎倒吸了一口凉气,心里一阵发紧。"天哪!"她说道,声音轻得几乎无法被人听见。她感觉这几个字正慢慢消失在她的喉咙里。血涌上了她的脸和脖子。她感到有一种灼热感从她的胸口向上蔓延。她双手苍白,直冒冷汗。

"对不起。"凯尔·吉尔伯特说,"我只想问问你梅西纳布置了什么作业?"他的表达很单调,像狗叫一样。他目光闪烁,四处张望着。"我还是一会儿再来找你吧。"他晃着头说道,沿着走廊快步离去。他的两个朋友跟着他,大笑着,还不停地用手指戳他。其中一个故意用甜甜的声音说道:"我爱你,凯尔。"

玛莎心想:我真希望自己已经死了。

整整一天她都在想这件事,无法专心上课。她觉得安东尼中学的每个人都知道这件事了。在她看来,餐厅里的笑声、休息室里的窃窃私语声、走廊里的推撞打闹,都证实了她的猜测。她觉得自己应该大哭一场,跑出校门,一直跑下去。

“谁会关心这个呢?”荷莉说。

“你不会吗?”玛莎说。

“我……我只是在想办法帮你。”荷莉说。

在沟通艺术课上,事态恶化了。离放学还有五分钟时,德里格斯小姐开始布置这周末的作业。“大家听好!”她说,她的声音镇住了下面嗡嗡的讲话声,“本周的周记,我想要你们写写自己最糗的事,要详细,让我有身临其境的感觉。”

教室里顿时炸开了锅。

“要写多少字?”莫瑞亚·山斯坦问道。

玛莎简直不敢相信自己的耳朵。她觉得自己顿时又掉进了深渊。她心跳加速,呼吸急促。虽然玛莎平时很喜欢德里格斯小姐,但她现在恨透了她。

玛莎悄悄地观察了下教室。同学们都在低语,窃笑。大家都知道了她的事。不知为何,她的目光和奥莉芙·巴斯托的目光相遇了,奥莉芙的脸上充满恐惧,看来她也知道了玛莎的事。过了几秒，玛莎看向了别处。她难以冷静，心里感到很绝望。

玛莎突然打了个喷嚏，然后她做了一件很不符合她性格的事。她决定不顾一切，把自己想说的话说出口。她没有举手，直接站来说道："德里格斯小姐，我觉得这不公平，很不公平！"她觉得自己的心跳到了嗓子眼儿。"你凭什么为了让自己开心，非得要我们敞开心扉，说出自己的秘密。这是不对的！"她满眼泪水，声音哽咽，"真的不对！"她趴在桌子上哭了起来。

德里格斯小姐透过眼镜看着玛莎。她像露西那样皱了皱鼻子。"你的话有点儿道理。"她深吸了一口气，然后向上吹着自己的刘海儿。她冲着玛莎灿烂地一笑，说道："好吧，好吧。那我们在周记里描写一个人如何？大家听好，描写一个你认识的五十岁以上或五岁以下的人，一定要写得生动点儿。"

就在这时，下课铃响了，大家都很高兴。莫瑞亚·山斯坦问道："要写多少字？"

不知是谁大声叫道："玛莎·波义耳好样的！"

玛莎感到很疲惫，但她也很高兴。

回家的路上，荷莉对玛莎说："其实你可以随便编件糗事写在周记里。"

"我知道。"玛莎说。

"但不管怎么说，你做得太棒啦！"荷莉说，"简直棒极啦！"

28.首字母

奶奶没有再提起吉米·曼宁,这也让玛莎长舒了一口气。

剩下的野餐食物被收起来带回了家，这一天平静地过去了。玛莎捡到了一些她非常喜欢的贝壳,比如薄薄的珍珠色贝壳,敲打起来会发出悦耳的声音。在海浪能打到的沙滩上,玛莎用树枝写下了凯尔·吉尔伯特名字的首字母，仅仅三次海浪就把这几个大写字母冲没了。玛莎又在海浪打不到的地方,写下了吉米·曼宁名字的首字母,那几个大写字母安然地待在那里。她和爸爸还有露西去杂货店买了冰激凌三明治。之后,她去看了湿地、防洪堤,还有那些露出地表的岩石,它们总会使她联想到挤在一起睡觉的凶猛动物。

回家后,她坐在奶奶家的窗台上,什么也不想做,神情恍惚,思绪万千。

电话铃响起时,她还没回过神儿来。当她接起来听到是文斯时,顿时感到很失望。

“你好。”她平淡地说道。

“你能问问妈妈我可以在曼宁家过夜吗？”文斯说，“我想在他们家吃晚饭并过夜。我们准备吃龙虾和蛤蜊，然后一起去露营。”

“你自己去问吧。”玛莎回答道，心情非常沮丧。

“她在吗？”文斯问道。

“应该在吧。”玛莎回答说，“你等一会儿。”她拽着电话线，走到走廊，没看到妈妈，也没看到任何人。

“你还在吗？”文斯不耐烦地问道。

“我在找，我在找。”玛莎说。她紧绷着脸，差点儿就怒气冲冲地跟他说：“你自己回来找吧，我又不是你的奴隶。”

就在这时，文斯说：“对了，我差点儿忘了。你也被邀请来吃晚餐了，是吉米邀请你来的。”

玛莎悬着的心顿时轻松了。

她很快找到了妈妈，而且妈妈也同意了。她告诉了文斯，然后激动地照了照镜子，随手拿起件毛衣（免得手上空空的），喊了声“再见”，就向曼宁家跑去了。

29.龙　虾

当玛莎站在曼宁家的门廊上，听见里面传来的声音时，她感到一阵羞涩。她正在犹豫是按门铃还是敲门之际，泰特已经开了门，这让玛莎感觉，他一直在门口等待。

“嘿。”泰特说。

“嘿。”玛莎说。她昨天才来过这栋房子，但她感觉现在仿佛走进了一片新天地。

泰特跟在玛莎后面走，几秒钟后，他又笨拙地走到她前面，带她去厨房。

厨房很明亮也很吵。大家围站在桌子、水槽和火炉边，有几个小孩儿和大人玛莎不认识。曼宁夫人在喧闹中跟她打了声招呼，曼宁先生则拍了拍她的头，让她觉得他是在跟一个露西那样的小孩儿打招呼。吉米冲玛莎点了点头，示意让她过来。“我正在拍死亡部分。”他说，“你来得正好。”

玛莎跟着吉米，她觉得吉米的头好像在冒烟。玛莎抻长脖子，踮起脚尖，看到蒸汽从火炉上的大锅里冒了出来。曼宁夫人手里正拿着龙虾往锅里放。

“甲壳纲动物的死刑。”吉米说道，将摄像机对准龙虾，并慢慢推近。

“嘘！”吉米的妈妈说，“别出声。”

龙虾一入水便开始挣扎。

“天哪！”一个玛莎不认识的女人叫道。她转过身，表情痛苦地说：“这一幕总让我起鸡皮疙瘩，让我联想到癫痫病发作。”

玛莎之前看过很多次蒸龙虾，通常是在奶奶家，对此她总觉得异常有趣，有时也会觉得羞愧。麦斯威尔夫人是奶奶家的钟点工，玛莎一家不在时，她每周会帮奶奶家做一次清洁，每天也会去看看老太太。她曾经教玛莎在蒸龙虾前，将龙虾头朝下拿着，揉搓它的背部，这样便能将它麻痹。“这种麻醉方式很残忍。”麦斯威尔夫人说，“但是非常管用。”

“我需要更好的航拍镜头。”吉米说。他找了个椅子放在火炉边，然后爬上去，俯瞰着蒸锅。

“让我看看。”雷欧说，“快让我看看。”

“死亡。”吉米说，“血腥的死亡。”

“我不认为龙虾的大脑很大。”曼宁夫人生气地说道。她轻轻撞了下吉米的椅子，以此表达她的怒意。

“嘿！”吉米说，“小心点儿！”

“求你们了，快走开，我还有很多龙虾要蒸呢。”曼宁夫人说。

“曼宁家的谋杀。”吉米说，“一次大屠杀。”

“谋杀你才会真的惹麻烦。”曼宁夫人说。她重重地叹了一口气，继续说道：“好啦，够了！快给我出去，没跟你开玩笑！否则别怪我把摄像机扔到锅里。出去！”

吉米关掉了摄像机。“非常好，妈妈。”他说，“谢谢您，我可演不了您那么好。”

30.蓝　色

蓝色。在玛莎看来，一切都是蓝色的：海洋是蓝色的，天空是蓝色的，沙、草和树叶也是蓝色的，空气是蓝色的，甚至声音也是蓝色的。

"你走神儿了。"吉米说。

玛莎转过头说："啊？"

"你……走……神儿……了。快回过神儿来！"吉米说。

"我正在想……"玛莎说。她阻止自己说出"一切都是蓝色的"这句话。他会以为她是白痴。"我吃饱了。"她最后说道。

"我也是。"吉米说。

"你不是真的反对杀龙虾吧？我看你吃了很多。"玛莎说。

吉米耸耸肩，咧嘴笑道："不反对。"当他转头时，他下巴上有一块地方在发亮，那是融化了的黄油。

"你明明很爱吃龙虾。"泰特说，"你最爱装了。"

"走开！"吉米说。

“你！”泰特愤怒地说。

“你走不走开？”吉米问道。

泰特对文斯叽叽咕咕地说了几句话，然后拿起他的脏盘子和餐具，走回屋里去了。文斯、托德、卢克、雷欧和曼宁家的表兄弟妹们也跟着回屋里去了。只剩下玛莎和吉米坐在院子里的长凳上，这里离海滩很近，四周都是杂草。

在屋子里，大人们和孩子们是分开用餐的，里面的声音此起彼伏。

“我们走。”吉米对玛莎说，“我们去本顿庄园。”

“那我们的盘子怎么办？”玛莎问道。

“放着好了，有人会来收的，或者我们一会儿回来收。”吉米边说边拿起摄像机，“走吧！”

31.本顿庄园

本顿庄园在内岛，大约位于曼宁家和奶奶家之间。先沿着海边走，然后穿过沼泽，再爬过一面石墙，穿过一片脏兮兮的草地，绕过一棵巨大的山毛榉树，通过一段短短的碎贝壳路，最后挤过一扇年久失修的铁门，就到了。

玛莎和吉米正在草地上玩游戏。她快跑，吉米也快跑；她慢跑，吉米也慢跑；她大跨步走，吉米也会配合着她的步伐。有一刻玛莎加快了脚步，吉米便拽了拽她的袖子，这让玛莎感觉到自己的心怦怦直跳。

玛莎和吉米正绕着树走着。“我承认电影里的死亡部分拍得不太好。”吉米对玛莎说。他边说边用摄像机拍着空气中飞来飞去的小虫子。“我拍到了一只暴露在阳光下的死海鸥和许多死鱼，还有鱼的内脏。刚刚我又拍到了妈妈蒸的龙虾。但我真正想拍的是人。”

“人？真正的死人？”玛莎问。

吉米想了很久才做出回答："不是，当然不是。"破碎的贝壳在他们脚下咔咔作响。

"那还好。"玛莎说。

"也许是快死的人，或是其他什么人，我也不知道。"吉米说着侧过身子，穿过铁门和门柱间狭小的缝隙，高高地举起摄像机。地上有一条生锈的挂锁链，将门和门柱拴在一起，使大门只能微微打开。"也许我可以采访一下你的奶奶。"吉米说。

玛莎跟着吉米穿过铁门时，衬衣挂在了金属花饰上。"不！"她坚定地说道。玛莎拉扯着衬衣，努力把它从金属花饰上拽了下来。"你怎么不去采访你自己的爷爷奶奶？"玛莎问道。

"他们太年轻了。"吉米说。

玛莎检查着自己的衬衣，发现它被撕扯出了一个回形针那么大的洞。"我奶奶不想接受关于死亡的采访。她很健康，她会活得比我们还长。"玛莎说。

吉米似乎想要说些什么，但他只"哼"了一声，便继续朝前走去。

他们来到了本顿庄园。

房子很简陋，四四方方的，两边种着已经被风化成银灰色的松树。新长出来的棕色松树苗，零散地分布着，让房子看来很破旧。四周是一些低矮的小房子，其中有一间的门敞开着，里面被分成了一个个的小间，摆满了柴火和腐烂的桌子。

玛莎一直以为这地方是“马厩”，她小时候把这当作一群玻璃做的小马驹的家，这些小马除了她之外，别人几乎看不见。奶奶曾说过，这里很久以前是个跳蚤市场。

本顿庄园现在的主人住在芝加哥，很少回来，玛莎从没见过他。

天越来越黑了。电线杆上的灯亮了，就像个“电”月亮。玛莎和吉米站在一个被砍掉了树枝的苹果树下，大树投下了奇怪的阴影，让玛莎联想到被砍了头的人。

“这里有点儿吓人。”玛莎说，“尤其是在天黑的时候。”

“这里绝对闹鬼。”吉米说，“不过，这儿倒是拍摄死亡部分的好地方，如果能拍到些特殊的东西就更好了。”他停顿了一秒，问道：“你觉得人死后会发生什么？”

玛莎被这问题吓到了。“我不知道。”她说。她突然觉得自己很无知，对所有重要的事情都一无所知。“我希望……”她努力地说道，“我希望人能不死。”

那一刻，玛莎突然想到了奥莉芙。

玛莎靠着低矮的小房子，在灯光的照射下，跟吉米谈起了奥莉芙·巴斯托。

吉米正在拍摄她。

32.拍　摄

吉米用镜头对准玛莎，一直推近，直到玛莎的脸占据了整个取景器。“大声点儿！”他说，“大声点儿说。”

玛莎从奥莉芙妈妈的来访说起，说了她所知道的一切。从那页日记和那个巧合说到她从车祸现场了解到的情况，从奥莉芙妈妈的旧自行车说到奥莉芙在学校里受到的欺负和无视。这些事从她的嘴里一件接一件地迸出来，仿佛她的嘴巴是个被人拧开的水龙头。

“我真希望我能多了解她一点儿。”

“我永远都不会知道为什么她觉得我很好。”

“我的朋友荷莉觉得她很怪，但我觉得她只是和一般人不同而已，并不坏。”

“我会永远保留那页日记的。”

“十二岁太年轻了，她不应该死的。”

说话声停住了，她感到很空虚，很无力，眼里满是泪水。

她躲开了灯光的直射，快速地眨着眼睛。她身处黑暗之中，藏在心里的秘密越来越清晰：奥莉芙会死，那我也可能会死，所有人都可能随时死去。

“我不想死。”她说道，转身背对着摄像机。

33.牵　手

“太棒啦！”吉米笑着说。他的喜悦之情溢于言表。他把拳头举过头顶，做出一个胜利的姿势。

“我想回家了。”玛莎说。

一路上他们基本没说话。玛莎无心欣赏天上的星星和海浪声，她只觉得夜风寒冷。她浑身发抖，想起自己忘了拿毛衣。她记得他们刚到本顿庄园时，毛衣还挂在她肩上。她想一定是丢在低矮的小房子里了。她很喜欢那件毛衣，但又不想现在就回去找，明天再来找吧。现在，她只想和其他人，她所爱的人，快乐的人，很多人，待在一起。

早先她还认为一切都是蓝色的，但是现在她觉得一切都是黑色的，仿佛跌进了一个黑洞里。世界冰冷混杂，难以预测。她又开始发抖了。

“明天我还来本顿庄园拍摄。”吉米开口打破了沉默，“我要开始拍爱情部分了，你得来帮我，我需要你。”然后他抓住她的手，牵着她。

玛莎瞬间感到一阵激动和害羞，胸中涌起一种奇妙的感觉。

夜色更黑了。

吉米轻轻地牵着她的手。太轻了，她生怕自己的手会从他手里滑落。她在想自己该不该握紧他的手，但又觉得这太大胆了。

虽然她很想看自己的手，但是她不敢看。她直视着前方，心里一直想着自己的手，直到有只虫子跳到了她的手上。

他没有松手。

他们回到了海滩上，吉米领着玛莎朝自己家走去，而不是她奶奶家，但玛莎毫不介意。只要吉米牵着她的手，她可以一直走下去。

他的手很温暖。

他们看见一群大人正围着篝火。火光照亮了每一张脸，把脸照成了橙色。除了这群大人，还有一个小女孩，她正举着烟火在院子里跑来跑去。女孩看见了玛莎，害羞地对她笑笑。玛莎也对她笑了笑，觉得自己像个大人。

他甩起手来，把玛莎的手也带入节奏之中。

当他们穿过人群时，玛莎听见其中一个男人说道：“哈，稚嫩的爱恋。”男人咯咯笑着，冲玛莎和吉米点了点头。

玛莎并不完全明白这个评价意味着什么，但她认为那个男人非常傲慢，大人们总是这样。

“浑蛋。”吉米轻声说道，“守旧无知的浑蛋。”他握紧玛莎的手，加快了步伐。“估计他们都四十多岁了。”

“你听说过仿生鸽子吗？”玛莎说，声音中透着一种空洞的成熟。她想让自己变得有趣又聪明，但话一出口，她就后悔了，她知道自己惨败了。她想：如果尴尬是一种噪音，那我全身的毛孔都在鸣笛。

吉米似乎并没有注意听，这让玛莎感到欣慰。“我应该把他们拍下来。”他说，“然后给这段视频命名为‘世界充满了浑蛋’。”

“没错。”玛莎说。

“总有一天，我会成为一位著名导演，像斯坦利·库布里克那样的。你看没看过《2001：太空漫游》？我看了二十八遍呢。”吉米说。

“我在电视上看过一部分。”玛莎说。

“你应该完整地看一遍，那真是部杰作。我有录影带。你可以……”吉米说。

玛莎突然抽回了自己的手。不远处，她的爸爸正站在曼宁家的草坪边上。“我爸爸。”她说。

“你们好！”爸爸说道，朝他们走来。

吉米很快就认出了玛莎的爸爸，然后他站到了一边去。“别忘了明天我们还要拍摄。”说完他就跑向了自己家。

“怎么啦？”爸爸面露微笑，扬了扬眉毛，似乎知道答案。

“没什么。”玛莎说。

“我并不想打扰你，或是吓你。”他歪着脑袋，投去同情的目光，“我是来曼宁家接你回去的。”

玛莎玩着自己的手指头，然后忍不住将手指放到鼻子前，用力地闻了闻。为了掩盖这个动作的目的，她抓了抓鼻子。

“你看上去很冷，要不要穿我的夹克？”

“不用，我不冷。”

“你确定？”

她点了点头。

似乎过了很长时间，他们静静地站着，面朝漆黑无尽的大海。一阵死寂之后(除去海浪的咆哮声)，玛莎说：“我累了。”因为她觉得应说些什么。她说的是真的。她眼皮重得跟石头一样，肩膀也累得下垂。

“你看我累成什么样了。”玛莎说，“我们回家吧。”

“好吧。”他们开始往回走。“你知道吗？”他说，“在你小时候,当你像现在这样累的时候,我就让你骑在我肩膀上,像扛米袋一样把你扛回家。有时我真希望你没有长大,我还能那样扛着你。"

"爸爸,那也太丢人了。"玛莎说道。但有时她也希望那样,甚至是非常希望。

34.失　眠

玛莎虽然筋疲力尽，但她还是睡不着。她一遍又一遍地回想自己和吉米·曼宁手牵手地走在海滩上，这画面在她脑子里不停地循环播放。

一整夜她都辗转反侧，难以入睡。她的手臂呈奇怪的弧度，隐隐作痛。床单紧紧地裹着她的脚，枕头掉在了地上。在太阳缓缓升起时，她才沉沉地睡着了。

35.烟　火

她醒来时发现房间很亮，非常亮。她猜想快到中午了，但她想在床上多待一会儿，继续写她的小说，写奥莉芙的故事。

自从遇见了神秘的詹姆斯，奥莉芙的生活彻底改变了。他们是在奥莉芙奶奶举办的野餐会上认识的。奶奶想要帮奥莉芙结交新朋友，好让奥莉芙忘记自己是个孤儿，开始新的快乐生活。

奥莉芙从没见过这么多美味的食物。然而，詹姆斯不吃龙虾，他说自己只吃水果和蔬菜。

野餐后，天渐渐黑了，詹姆斯燃起了一堆篝火，所有客人都围着篝火跳舞。

火花像钻石一样耀眼，就像是掉落在海滩上的白菊花。

慢慢地，火花消失了，篝火也燃尽了，大多数客人都离开了。詹姆斯牵着奥莉芙的手，在海滩上漫步了一个多小时。奥莉芙觉得手心很温暖，仿佛手里握着的是烟火。

36.问 答

“大家都去哪儿了？”玛莎问道。

“早上好,亲爱的。”妈妈说道。

“早上好,妈妈。”玛莎说,“大家去哪里了？”

“你爸爸和奶奶去墓园给爷爷扫墓去了,他们每年都去。露西跟他们一起去了。文斯去玩帆船了。”

“和谁一起啊？”玛莎问。

“曼宁家的男孩子。”妈妈说。

“哦。”玛莎说,心中又感到一阵失落。她想:曼宁先生为什么不叫上她？吉米怎么也不叫她？

“不是所有男孩子都去了。”妈妈说,“吉米打电话找过你。”

“他打电话找我了？您怎么不告诉我？您怎么不叫醒我？”玛莎玩着头发问道,因为如果不这么做,她可能会捏碎某样东西。

“我邀请他过来吃午饭。他中午就会到这儿来了。”妈妈说。

“您邀请他了？”玛莎无法确定这消息令她高兴还是难过。

“我邀请他了。告诉我你想吃什么？”妈妈问道。

“我想一下啊。”玛莎说。

停顿。

妈妈的手指不停地绕着杯沿。“吉米·曼宁人好吗？”她问道。

玛莎脸红了。“好！”她肯定地答道。她穿过房间，站到了窗台边上。

“我就是问一问。”妈妈说，“不是在审讯你。”她朝玛莎送去一个飞吻。“我就随便问你一下。”她说，声音非常轻。

“我就是回答一下您的问题。”玛莎说。

37.自　由

玛莎很高兴爸爸、露西和奶奶能及时赶回家来吃午饭,特别是奶奶。之前,在布置餐桌时,玛莎的妈妈一个劲儿地问吉米问题,仿佛电台节目采访似的。玛莎听着,恨得咬牙切齿,巴不得变成一只苍蝇,飞进她妈妈的嘴里,让她说不出话来。

“你父母还好吧?”

“他们很好。”

“你期盼开学吗?”

“不太想。”

“你几岁啦?”

“十四岁。”

“你手肘附近的是什么图案?”

“这个?这是电影胶卷。这将是我日后电影公司的标志,我要把它永久地文在身上。”

因为有奶奶在那里,一切就变了。她不问愚蠢的问题,而且，正是她打破了尴尬的沉默。她用犀利的观点和有趣的故事把大家都逗笑了。

露西异常害羞。午饭期间，她就说过一次话，她自言自语道："女孩香香，男孩臭臭。"

吃饭时，在日光的照射下，玛莎看到奶奶的脸颊和脖子上布满了深深的皱纹，仿佛有人在她的脸颊和脖子上缝了线，然后再把线拉紧。除去皱纹，她整张脸看起来很安详。

也正是仁慈的奶奶让玛莎和吉米尽早获得了独处的时间。"你们俩为什么不到外面去玩一会儿？"她说，"去吧，去玩吧。"

他们松了口气，逃出了房子。他们自由了。

38.最开心的一天

他们跑啊跑啊，不停地跑，直到跑不动了，躺倒在了海滩上，像两堆烂泥，大口喘气，大声笑着。因为笑得太厉害，而且气温也低，玛莎满眼都是泪水。在他们看来，这是个晴朗、欢快、凉爽的下午。

“我两边的肋骨都好疼，可能是岔气了。”吉米说。

玛莎努力地让自己的呼吸恢复平稳。他们仰面躺着，头枕着手臂，吉米的右手肘几乎碰到了玛莎的左手肘。玛莎盯着天空，直到天空变成了大海，她也仿佛被一根无形的绳子拴住了，头朝下脚朝上，平静又神奇地挂在天空上。

“你觉得男孩是脏兮兮的吗？”吉米问。

玛莎坐起身，重新找回了空间感。她思考着吉米的问题。“有时会。”她说。“也就是说，有时不觉得。”她补充道。

“从你的回答可以看出你爸爸是个律师。”吉米说。

起初，玛莎用两根手指慢慢地挖着沙子。然后，她围着刚挖的洞搭了一道参差不齐的墙。接着，她开始搭塔，她把手臂弯成一个大拱形去刨沙子，还用两只手充当铲子。

“你在堆沙堡？”吉米问，嘴角带着一丝怀疑。

“你不想帮忙吗？”玛莎问。

他没有回答，但他立即帮玛莎干了起来。

“你知道吗？”吉米说，“要是被人看到一个十四岁的男孩不是为了哄弟弟妹妹而堆沙堡，那就太丢人了。”

“要我去把妹妹带来吗？”

“不用了，不用了，我不是这个意思。我只想说我是为你才这么做的。”

“别为了我。”

“好吧，为了我们。”

玛莎有点儿羞涩地笑了。玛莎很喜欢沙堡，她不仅喜欢设计沙堡的造型，还喜欢动手去堆。她在想这是不是很怪？像她这么大的孩子已经不应该玩这个了吧？而且，她还喜欢做纸链和收集水晶球。也许最幼稚的是，她喜欢在床上按颜色或者味道排列她的润唇膏。然后就是配对，这是这个游戏中玛莎最喜欢的部分。她要决定哪两只润唇膏配成一对，接着让润唇膏宝宝结婚，周而复始，直到玛莎的床看上去就像要爆发一场大战。她把这种玩法教给了露西，并将它变得更好玩儿，使之成为姐妹间最喜欢的游戏。但当她和吉米在海滩上时，她决定以后再也不玩这个游戏了。她太大了。没错！但堆沙堡又是另外一回事。

沙堡不断崛起、扩大，渐渐成为海边的帝国。玛莎说："我们需要装饰品。"他们想去找点儿好东西，但只找到一些很普通的东西：贝壳、米黄色和黑色的石头、棕色的海藻、螃蟹壳，还有湿漉漉的浮木，可以用来建造一个雄伟的城门。

因为摸了海藻，玛莎的手指上沾满了沙子，而且闻起来咸咸的。她拍了拍手，然后双手互相揉搓，将沙子搓掉，一副全神贯注的模样。和吉米牵手的事貌似发生在一百万年以前，如果真的发生过的话。她吸了口气像是要说话，但什么都没说。

"什么？"吉米说。

"什么什么？"玛莎问。

"你像是要说点儿什么。"

"你的摄像机呢？"玛莎注意到他没带来，"我还以为我们今天要拍摄呢。我还以为我要帮你呢。"

"你准备好了吗？那么我们走吧。我不想催你，如果你准备好了，我就准备好了。"

他们站了起来。"玛莎！"吉米点头说道，"我们把它毁了吧！"

"真的要摧毁我们漂亮的沙堡？"

“就算我们不做，其他人也会做的，而且是我们不认识的人，那就太悲剧了。沙堡是我们造的，我们有责任毁了它。”

沙堡的大部分都是吉米毁的。玛莎犹豫了，她不太情愿地把塔毁了。在她看来，倒塌的不仅仅是一个沙堡。但随后，就像昨晚一样，吉米又一次牵起了她的手！管它什么沙堡不沙堡的！玛莎觉得这是她人生中最快乐的一天。她甚至轻声咕哝道：“这是我人生中最开心的一天。”

39.一个问题

吉米一刻不停地在讲话。他的说话引擎似乎空转了很久，现在开始恢复正常了。玛莎不再担心会产生尴尬的沉默了。

他们去吉米家里拿摄像机和三脚架。他们没再牵手，因为吉米要用双手拿设备，玛莎想帮忙拿三脚架，这样他们就可以继续牵手了，但她没勇气提出这个建议，她怕自己的目的太明显了。

"我想我们应该再去一次本顿庄园。"吉米说。

"哦，好的。我昨天把毛衣忘在那儿了，我想去拿回来。"

他们走在熟悉的小路上，一路上吉米都在不停地讲话。他讲到今年初夏他去芬威公园看红袜队比赛时，看到一个醉酒的男人在露天看台闲逛的事。"他简直烂醉如泥，鼻子又大又红，鼻孔也很大，青筋暴出。"

他告诉玛莎，他奶奶从不钓鱼，其实是很讨厌钓鱼，因为她小时候在练习抛竿时，不小心钩住了她家小狗的眼皮。"小狗的西痛苦地叫着，我妈妈说至今只要她见到渔竿，就能听见珀西的叫声。”吉米说。

而且，他告诉玛莎，在他小时候，他用剪刀剪掉了猫的胡须，然后告诉父母说他看见猫一口气把自己的胡须给吸进去了。就像这样，“刷”的一声。当然，他们都不相信我。

他还告诉玛莎，他迫不及待地想成为一名真正的导演。他甚至可能不去上大学，因为他讨厌没钱的日子。吉米说：“我的银行账户糟透了，我从爷爷那里得到了一份信托基金，但只能到我十八岁左右才能拿到钱。”

吉米跟玛莎讲了很多：他最喜欢的乐队、最喜欢的歌、最喜欢的电视节目、最喜欢的网站。他还讲到了电影的历史和未来，解释了“胶片”和“电影”的区别。

吉米说，玛莎听。

突然，吉米话锋一转，他想知道玛莎对这些事情的看法，他语气很认真，好像她的想法对他来说十分重要。

这一刻，玛莎觉得当个十二岁的孩子也不算太糟糕，一点儿都不糟糕。她憧憬着十二岁之后将会出现一个崭新的世界，一个遥不可及，却在不断靠近的世界。

“嗯。”就在快到本顿庄园的时候，吉米说，“问你个问题，你被男孩子亲吻过吗？”

玛莎大吃一惊,从小到大她从没被问过这样的问题。她全身都在冒汗,从头到脚。她还被口水呛到,不停地咳嗽。

“你还好吧?”吉米问道。

玛莎边咳边点头。

“你确定?”

玛莎又点了点头。

“嗯。”吉米舒了一口气,笑了。“快到了,不问问题了。”他拿着三脚架指向正前方说道,“我带了新胶卷,咱们去拍吧。”

40.梦

玛莎觉得自己仿佛进入了梦境。她每时每刻都活在未知的世界中。

玛莎一眼就看见了自己的毛衣，它松松地绑在低矮的小房子边的栏杆上，等着被找到。她收好毛衣，尽管摸起来有点儿潮，但这么快找到毛衣，是个好兆头。

吉米放好三脚架，放上摄像机，对准玛莎。

玛莎躲开，走进低矮的小房子里。“白天这里根本不可怕。”她喊道。一束束阳光照了进来。灰尘像小泡泡一样飘浮在空气中。玛莎一会儿抬起胳膊挡住阳光，一会儿又放下。亮光时而出现在衣服上（说明他爱我），时而又不出现（说明他不爱我）。

“嘿！”吉米叫道，“你在干什么？”

“没什么。”

玛莎从低矮的小房子里走出来，站在她刚刚进去的地方，吉米就在那里。她正要向前走去，吉米突然叫住了她：“就待在这里。”

“啊？”玛莎问道。

“待在这里。”他边说边把手放在她的肩膀上，带她向左移了几步，“对，就是这儿，别动。”他扭头看了看，接着说：“很好。”

一切变得更加梦幻了。

时间停滞了。他的手是不是还在她的肩膀上？她不知道。他的脸靠过来，她站着一动不动。他的鬓角似乎闪着光。她嘴角抽搐，一切好像都倾斜了。

此刻。

他。

亲吻了。

她。

41.打赌

这个吻点到即止，玛莎却感觉她的人生好像空白了好几分钟。

吉米走到摄像机旁边，竖起了大拇指。“我吻到了！”他说。

玛莎眯起眼睛，想知道到底发生了什么事情。

“我把它拍下来了。”吉米咧嘴笑道，“我赌赢了。”

他的话和脸上的表情让玛莎心里一凉。各种想法像鸟一样飞进她的脑子里。“什么？”她低声说。

“我们的亲吻。”他说。“我把它拍下来了。你懂的，用三脚架。”他点头补充道，好像解释清楚了一切。他跑到摄像机那儿，又跑了回来。“现在关了。”他说，“别担心。”

玛莎努力地保持冷静。她盯着他看了很长时间，长到他开始脸红，不安起来。

“嗯，打赌算不了什么，真的。”他说，“就是开个玩笑。我跟文斯还有弟弟们打赌说，我能在他们玩帆船回来之前，让你亲我，然后拍下来。”他耸耸肩，向她伸出手来，说道：“这很适合作为我电影中的恋爱部分。我这样做也是为了电影。”

玛莎闪到一边。她说：“你真是……”她想不出可以用什么言语来表达自己的心情。她皱起眉，咬着牙，离开了。

“别当回事儿！”吉米在她身后喊道。

玛莎强忍着走到了山毛榉树下，随后丧失了冷静。她靠着光滑的树干，跌坐在地上。她的整个人生在这一刻变得落寞，除了这件事，什么都显得微不足道。她的人生变得微小又混乱，似乎能被装进紧握的拳头里，但她的悲伤却装不进去。她忍不住哭了起来。

42. 联　系

大约过去了三十分钟，玛莎觉得她应该回奶奶家了。她的眼泪已经哭干了。她想：等她到家时，脸上应该就没有哭过的痕迹了。否则，她浮肿充血的眼睛和带有泪痕的脸颊一定会引起父母的注意。她最不想这样。她强迫自己一定要表现得高高兴兴。那是她最后的保护层。

她决定不告诉任何人发生了什么。永远不。甚至都不告诉奶奶。玛莎突然意识到这计划存在明显的问题。五秒钟后，她觉得大脑缺氧，自己真是蠢到家了。

录像带还在。因为他们打了赌，录像带会作为证据放给文斯和曼宁兄弟们看。天知道吉米拍完后还会给谁看呢？

玛莎的胃一阵痉挛。她越来越想与世隔绝了。不过，如果她真的与世隔绝，就不会在乎录像带了。她很混乱，也很可怜！

她脑海里浮现出上百万块拼图，全都混在了一起。如果这些拼图能拼在一起，她的问题就都能解决了，而她也许就能渡过人生中的这一难关。如果之前已经有拼好的拼图，今天的事也将它们全部打乱了。这本该是她生命中最快乐的一天，却变成了最糟糕的一天。

她咬着嘴唇，迈着沉重的步伐向前走着，脸上依然有点点泪痕。走着走着，她想起了奥莉芙。她感觉从收到奥莉芙日记的那天起，她们之间便产生了一种莫名的联系。她猜想奥莉芙一定也会知道她此刻是什么感觉，那种被骗的感觉。玛莎在想：遇到这种情况，奥莉芙会怎么做呢？玛莎相信，以她在学校所了解的奥莉芙，一定会无视吉米，无视整件事。奥莉芙会静静地继续她的生活。

玛莎想：可能，只是可能，吉米不会提到他们的亲吻，也不会把录像带放给别人看。她在心里反复思考着，但她知道这种情况的可能性几乎为零。她仿佛看到了吉米得意的表情。玛莎想要假装那个亲吻和录像带都无关紧要，她认为这是她能想到的最好办法了。如果这样也不行，那她只能将这段插曲从自己的人生中抹去，让它变成个盲点，忽略它。然后，像奥莉芙那样，静静地继续自己的生活。

43.非常好

刚开始，玛莎在父母、露西和奶奶面前伪装得很好。她努力让自己表现得机灵健谈、彬彬有礼、热情洋溢。

“你还好吧？”一段时间后，她爸爸皱起眉头，关心地问道。

“很好，很好。”虽然玛莎觉得自己可能装过头了，但回答还是很肯定的。

然后，她妈妈问道：“吉米·曼宁先生还好吧？”

“非常好！”她的声音兴奋得有些发抖。三十六计，走为上计，她慌乱地离开了房间，坐在海堤上，吸吮着指关节。

44.恨

文斯回来时，玛莎还坐在海堤上。她看着一个黑点慢慢变成了她的哥哥，仿佛从水泡边缘浮现出来。他轻松的步伐让玛莎觉得哥哥的生活很简单，没有烦心事。他把背包从肩膀上拿下来，甩了一圈，从一只手换到另一只手，他向玛莎走过来，笑容从僵硬变得柔和。“你好啊！”他说。

玛莎想从哥哥的脸上找寻线索，但是什么也没找到。从他的脸上看不出他是否高兴。“你好！”她小心翼翼地回答道。

玛莎想知道文斯都知道了些什么，但是她又害怕知道。

想知道。

害怕知道。

她从海堤上滑下来，站到哥哥面前，拦住他。“我知道你在想什么。”她给他来了个开场白。

“那我在想什么？”文斯问道。

“你马上告诉我。”玛莎说。

文斯看着玛莎,觉得她疯了。

“我在想,你是个全世界最烂的读心者。”文斯说。

“真好笑。快告诉我吧。”玛莎说。

“告诉你什么?”他似乎在奸笑。

“你知道的。”玛莎把眼睛眯成一条缝,盯着文斯说,“我知道你知道。”

“你到底想说什么?”他想从她身边绕过去,但被她发现了。

“求你了,快说吧。”她说。

他难以置信地摇摇头,说道:“好吧,好吧,随你的便吧。知道吗?我只是想努力做个好哥哥,你别得寸进尺。”此刻他的语气很自大。他从她身旁擦过,中间隔着背包。然后,他对着空气亲了两下,很大声。“现在你高兴了?”他问道。

玛莎夺过文斯的背包,摔在地上,大声喊道:“我恨你!”

“恨我?我做了什么?这又不是我的主意。我没亲过任何人。”文斯说。

“我恨你!”玛莎又说了一遍,“我恨死你了!”

文斯走过来捡起背包,朝屋里走去了。玛莎满腔怒火,只听到文斯说的前半句话。“好吧,我觉得你……”他说道。

“好吧,我觉得你……”她尽力模仿哥哥的语气,然后用一只脚站在岩石上,身体倾向一边,仿佛一尊畸形的雕像。

45.点滴思绪

“我不知道你和文斯之间发生了什么,也不想知道。但是,我不想在晚餐的时候看到你们俩吵架,明白吗?”妈妈严肃地说。

“好的,妈妈。”玛莎说。

“记住,等我和你爸爸死后,你的哥哥和妹妹就是你相依为命的家人。”妈妈补充道。

接着,又是一阵唠叨。

玛莎急忙躲进租来的面包车里,用力摔上了门。她爬到后座,挨着露西。露西刚被绑在她的位子上,像只搁浅的鱼一样扭动着。玛莎透过车窗看到妈妈正在对文斯说些什么,而他直翻白眼。文斯坐在前排的椅子上,玛莎盯着他的后脑勺,认为她每次射出的隐形箭,都能射穿他的头皮。

正常情况下,此时的她会既期待又兴奋,因为他们要去她最喜欢的饭店,就在伍兹霍尔海边。她还是照旧点她最爱吃的菜——炸虾卷、卷心菜沙拉、薯条配番茄酱——但亲吻的事让她高兴不起来,不能尽情享受美味。

玛莎漫不经心地吃着饭,思维却十分灵敏,她努力抓住思绪中的每一个点滴,不断放大,不断膨胀,但最终都以吉米·曼宁和羞辱收尾。甚至,像薯条这样的食物也被赋予了一定的意义:薯条——番茄酱——红色——心——情人——亲吻——吉米·曼宁,因此薯条也是不祥之兆。

日落时分,刺眼的阳光像张网一样,从玛莎身后洒落到桌子上。露西的一个婴儿食品罐的盖子正在闪闪发光。

“你怎么这么安静啊?”不知从何处传来爸爸的声音。“被吉米·曼宁的魅力给迷倒了?”他坏笑着说道。

玛莎后背僵硬,紧绷着脸。如果她不强忍着,她知道自己会哭出来的。

“吉米·曼宁就是个浑蛋。”文斯轻轻地皱了皱鼻子说。

“文斯!”爸爸说,“不许说脏话,奶奶可不想听见这个。”

“我只想吃更多的卷心菜。”奶奶说,“这才是我想要的。”

奶奶伸手从儿子手里接过一碗卷心菜。玛莎和文斯对视着。她冲他笑了笑。他也冲她笑了笑。

46.泰　特

黄昏时分，月亮的颜色看上去像粉笔灰。有个男孩正坐在门廊上。面包车开近时，他站了起来，然后又坐了下去，又站起来，走下楼梯，然后走上去，好像睡梦中的慢动作。

玛莎心里一沉。天哪，是他！

不，还好，是泰特，他有话想和玛莎说。她带他来到海堤上，远离她的家人，远离她爸爸的声音。她心里一直在想着一个词：阴谋。

“什么事？”玛莎轻轻地问道。

“那个……”泰特说，“我……”

虽然天很黑，但她能看到他的眼睛。他的眼里充满了忧伤和紧张，似乎很不安。玛莎不知道他想干什么。突然，她想到泰特好像经常在海边，像个阴影似的一直待在那儿。

泰特扬了扬眉毛，说道：“对于我哥哥对你所做的一切，我很抱歉。我是说，那个赌。”他停顿了一下，接着说：“他觉得自己厉害极了。”又停顿了一下，“我不知道该做些什么。”再度停顿。“就说这么多吧。”他说完了，嘴成了一条斜线。他摇着头，准备离开。

“我不知道该做些什么。”玛莎认为这句话暗示了吉米一直在利用她，他也许从来没有真正喜欢过她。他们走在海边时，他牵起她手之前的那一句“我需要你”都是在撒谎。尽管如此，她还是有些相信那句“我需要你”。那是她生平第一次感到被人需要，并不是叫她去照看婴儿、洗碗或帮爸爸做晚饭。

“真的。”泰特说，也停住了脚步。“我不知道该做些什么。”他重复道，没有转过身来。

玛莎深吸了一口气，然后吐了出来。她觉得自己蠢到家了，但她还是从泰特的不安中找回了一些自信。“也许下次你就知道该做些什么了。”她在他身后喊道。

泰特消失在了夜色中。

“谢谢你。”玛莎轻声说道。

47.厨房里的旋风

玛莎朝厨房里瞥了一眼。奶奶正一个人弯着腰在水槽前做着家务。

“您要和我一起玩吗？”玛莎问道，手里举着游戏棋的棋盒。她在笑着邀请奶奶。

奶奶转过身。“当然。”她说。她把露西的空婴儿食品罐从酒店里拿了回来，正一个个洗着。橱柜上又多了几个干净的空罐子。“亲爱的，我们今天的分享会还没开呢。”奶奶说。

玛莎咽了咽口水。“我知道。”她试探着说。她只有一件值得说的事，那个亲吻，但她说不出口。她不想谈，她会崩溃的。“我不知该不该说……”玛莎咕哝道。

“嘿！咱们一起玩吧！”文斯冲进厨房说。

“好啊。”玛莎说，松了口气。

“快去把棋盘摆好。”奶奶说。

“我观战。”妈妈说。她突然出现在玛莎旁边，抚摸着女儿的头发,然后对着玛莎的耳朵轻声说道:“你想聊一聊吗? 就我们两个? ”

玛莎用手指在脖子上按了一下,刚刚她感觉到了妈妈的呼吸。她坚决地摇了摇头。不想。

“我也要玩! ”露西说。她朝桌子跑去,用两只手抓住棋盘。

“你太小了。”爸爸说。他站在露西身后,胳膊下的报纸掉了一部分。“回来,露西。我们去看看你捡回来的石头和贝壳吧。”他说道。

玛莎已经摆好了棋盘。“我要蓝色。”

“我要绿色。”文斯说。

“我的! ”露西叫道。

“我去弄点儿薯片吃。”文斯说。

椅子在地板上发出刮擦声。露西边跑边叫。玛莎的爸爸踩到报纸滑倒了,他撕着报纸,那些被揉成团的报纸在地上滚着。

房间里很热闹,充满了各种噪音。玛莎希望厨房里的一切能挤走她脑子里的其他事情。

48.后　来

后来,玛莎在床上翻来覆去地睡不着。她打开床头灯,继续写奥莉芙的故事。她翻开笔记本中的空白页,写了以下内容:

后记:奥莉芙最终认识到詹姆斯是一个非常愚蠢又相貌平平的男孩。他有着暗棕色的头发和粉红色的皮肤,他的脑和心都如同细菌*一样小。

*专门用了“细菌”这个词,因为细菌可引起疾病。

49.再后来

再后来，玛莎半夜不得不从床上爬起来，轻轻地穿过寂静的房子。好像有磁铁吸引着，她被拉到了厨房。

关着的厨房门下面，透出一道黄光。玛莎慢慢地推开门。

是奶奶。她看上去像个鬼，全身雪白：白色的睡衣、白色的绣花拖鞋。她身后暗淡的灯光就好像是一个光环戴在她头上。

“奶奶。”玛莎低声说道。

奶奶站在桌子旁，拿毛巾用力地擦着手。“哦，亲爱的，你睡得太晚了。”她瞥了一眼门上的铜钟，“或者说你起得太早了。”

“我睡不着。”玛莎说。

“我也是。但我以为这是老年人才有的毛病，年轻人不会有。”奶奶说。

玛莎耸耸肩，说道：“爸爸一直都说我的灵魂老了。”

“他很了解这点。”奶奶说。

玛莎走到桌子边。奶奶擦完手后，将毛巾折好，挂到旁边的椅背上。奶奶之前被毛巾盖住的双手突然暴露在玛莎面前。玛莎喘着粗气说:“天哪,这是怎么回事?”

“这个?这是食物色素。”奶奶轻轻地笑道,把手伸给玛莎看。她的手皱皱的,布满纹路,看上去土黄土黄的,还有严重的淤青。手上染上了红色、蓝色、紫色和黄色。“如果你不知道真相,我想你肯定以为发生了可怕的事情。我向你保证,我早上第一件事就是跟你爸爸解释清楚,免得他打报警电话。”

“您究竟在干什么?”玛莎歪着头问道。

“来,我给你看样东西。”奶奶说。

玛莎跟着奶奶来到水槽边。

“看!”奶奶说,朝水槽边的两扇窗子用胳膊画着弧线。

“婴儿食品罐。”玛莎说。

“晚上你看不出效果,等到明天白天的时候,阳光会让它们发光。我希望阳光能透过它们,照得到处都是五颜六色的。”奶奶说。

大部分婴儿食品罐都被奶奶用了,但不是全部。她把它们装满水,水里加入食物色素染色。她把罐子放在窗台上。玛莎想象着满厨房的彩虹,墙上、天花板上、橱柜上,到处都是。

“我知道这样做很傻。”奶奶说,她盯着玻璃罐子,眼睛在发光,“但我觉得会很漂亮。”

“这不傻。”玛莎说，“您怎么想到这个主意的？”

“来！”奶奶说，“我得坐下说。”

她们小心翼翼地拉出椅子，坐在桌子边。

“我是在梦里想到的。”奶奶轻声说起来。

玛莎噘着嘴，用手托着下巴，认真地听着。

“我反复做着同一个梦。”奶奶说，“梦里，我站在海边，变成了一个没穿衣服的小姑娘，没穿衣服。海浪涌来，拍打着我的脚，但没有任何声音，很奇怪。每一道海浪都是一种颜色，有红色、紫色、粉红色、杏色、蓝色，还有亮绿色，颜色不断重复。波涛汹涌，越涨越高。我被卷进了海里，但我并不害怕。我在水面上漂浮着，乘着海浪，像虾一样蜷曲着。阳光照在水面上，颜色十分绚丽。”

“然后，我潜入水中。海水的颜色分层了，像条纹一样分成不同的层次，忽明忽暗。我越潜越深，看到我的皮肤也变了颜色……”她的声音越来越微弱。

“之后我就醒了。”奶奶说。她敏锐地眨着眼睛。

玛莎看着她的手，想象它们在奶奶的梦里会是什么样子。

奶奶说：“一定是因为我一直在想我的梦和那个海边的女孩的故事，所以才有了那些装满彩色水的罐子。”

“将大海装进罐子里的女孩。”玛莎说。

“别胡思乱想。”奶奶说。

她们都沉默了。玛莎打了个哈欠，奶奶的呼吸声变大了。

然后，奶奶换了个话题。“午夜过了。你得告诉我两件事情。我们要把昨天的也补上。”

玛莎不安地耸了耸肩，用肩膀挤着脖子。她的眼睛有一种刺痛感。

“怎么啦？”奶奶问道。

“我想……我也不知道……我觉得有点儿累了，现在不想说我的事。”玛莎吞吞吐吐地讲着。她换了个坐姿，说道：“以后，我能不告诉您我的事吗？可以吗？”

“亲爱的，当然可以。我不勉强你。”奶奶说。

但有些事情玛莎想知道，她需要一些建议。“但我能问您些问题吗？”玛莎问道。

“好的。”

“当您很伤心很难过的时候，您会怎么做？”玛莎问道。她实际上想说的是：“当您心里充满恐惧的时候，您会怎么做？”

奶奶用鼻子吸了吸气，吹了声口哨，说道：“嗯……当我很难过的时候，我会试着去想那些比我更难过的人。如果碰巧有我认识的，我会尽力对他们好点儿。”她停顿了一会儿，把手背放在前额上，抬头望着天花板，接着说：“亲爱的，我又开始胡说了。”

厨房里很安静。玛莎又打了个哈欠，然后开始玩自己的手。她不停地研究这双手，直到它们变得陌生。她看着指关节处的褶皱、手上的白色汗毛和血管，一切都在她眼前越变越丑。她觉得自己的手老了。

“多漂亮啊！”奶奶心不在焉地说道，“你的手比我的手年轻了七十岁。”

玛莎转移了一些注意力。她突然想到了什么，像触电一样。“奶奶！”她说，“能给我个空罐子吗？求您了？您不用的，给我一个吧。”

奶奶点了点头。

玛莎感激地抱了抱奶奶。她从剩下的罐子中选了一个。然后，因为困得头都抬不起来了，眼睛也睁不开了，她拿着空罐子回到了床上，仿佛那罐子是罕见的贝壳。

50.坚　定

第二天早上,下楼吃早餐前,玛莎重读了一遍奥莉芙的那篇日记,里面写道:

我还希望有朝一日我能去看看真正的大海,比如大西洋或太平洋。

于是,玛莎坚定了自己的想法。她想到了能够减轻负面情绪的办法。

51."房"色

"'房'色最好看。"露西说。

"黄色。"玛莎纠正道。

"'房'色。"露西点头说道。

玛莎笑着说:"好吧,你说对了。"

"黄色看上去像尿的颜色。"文斯咧嘴笑道。

厨房窗台上的那些小玻璃罐子像珠宝一样闪耀。

"没我想象中那么壮观。"奶奶说,"不过还不错。"

早餐后,玛莎玩着几个罐子。她把它们放在桌子上,在阳光的照耀下,罐子闪闪发光,投射出满屋的彩虹。

"真漂亮。"露西说。她高兴地跑去抓罐子。

玛莎让妹妹别着急。她把露西抱到膝上,耐心地看着她。"小心点儿。"玛莎提醒道,"它们是奶奶的。"

"我忘了件事。"露西说。

她转过身,捧住玛莎的脸,给了她一个早安吻,而且一次就亲准了。“不错！”露西说。

“我被亲过了。”玛莎开玩笑道。顿时，这句话的意思变了，变深了。玛莎脸颊的颜色也变了。

52.凸　起

玛莎和露西还在厨房的桌子边坐着，爸爸探进头来说道："我和文斯打算去本顿庄园。有人要去吗？"

玛莎知道如果自己说不去，她可能就会被留下照看露西。"不去。"不管怎样她还是这么说，"我宁愿待在家里。"她在想也许自己这辈子都不想再去本顿庄园了。

"我也不去。"露西说。

"好吧。"爸爸说道。他走到门口，两只手撑在门框上，整个门都被他占满了。他看着玛莎说："你能照看一下露西吗？我们大约一个小时后回来。"

玛莎点了点头。

"妈妈很快就下来了，奶奶还在与朋友聊天。"文斯边说边跑了出去。

奶奶正和她的朋友——麦斯威尔太太在客厅喝咖啡，而玛莎的妈妈正在楼上打工作电话。

玛莎离开了厨房,跑去打开走廊上的窗子,看见爸爸和哥哥正慢慢地在海滩上走着。他们好像在笑。她莫名地感到沮丧,就像一个人被关进了一间空屋子里。她突然又觉得这样想很傻,为自己变化无常的想法而困惑。她趴在窗台上,前额靠着打开的一扇玻璃窗,手指轻轻地敲着窗台。

“玛莎！”露西喊道,打断了玛莎的思绪。

“是,公主殿下。”玛莎说,“我们去外面玩吧,露西。”

“不去！”露西说。

带孩子还是有点儿难度的。玛莎拿着厨房里的罐子把露西哄去了海滩。

玛莎背着露西,来到奶奶家南边的水湾。水很浅,大的海浪已经不经过这里了。旁边是一个起伏的小沙洲,潮水也慢慢退去了。

玛莎特意穿了一条牛仔裤,当然还穿了一件橙色背心。

背心盖住了她前口袋里的凸起,那是个空的婴儿食品罐。玛莎不想打破它。

53.埋

玛莎准备执行计划的第一步，她想要隐秘一点儿，所以她说服露西把身体埋进沙子里。

露西非常开心，身体被埋起来后，她一动不动，只有脑袋还在转来转去，手指和脚趾在扭来扭去。

“你就像一只四脚朝天的乌龟。”玛莎说着将沙堆拍平，把露西固定住。玛莎看到露西漂亮的头发里有很多沙子，但是为了不让露西发脾气，她什么也没说。“好了。”玛莎说，“你是……你是一个被施了咒语而瘫痪的公主，为了解除咒语，我得去海里取一瓶魔法药，或者一块魔法石。所以，你待在这里别动，等我回来救你。”

露西高兴地尖叫。

“我会回来的，美丽的公主殿下！”玛莎喊道，声音低沉滑稽，还扬了扬眉毛。

玛莎卷起裤腿，从水湾蹚过去，走上沙洲。她扭头看了看露西，然后快速地从口袋中取出罐子，跪下，麻利地将海水灌进罐子里，随后盖上盖子，拧紧。

奥莉芙，这是给你的，因为你从未到过海边。

玛莎把罐子举到阳光下，眯着眼睛看。罐子里的水充满了微生物。她觉得自己的想法很好，顿时心情愉快。她要把这个罐子带回家，交给奥莉芙的妈妈。这是一个来自海洋的纪念品。

玛莎不知道奥莉芙的妈妈住哪里，但是她觉得找到答案应该很容易。她可以从学校发的家长手册中找到。

这个罐子在手中似乎变重了，在玛莎心中也变得更重要了。

有那么一会儿，玛莎忘了露西的存在。当她想起时，她轻轻地将罐子放入口袋，转身向露西跑去。

玛莎突然停住了，因为吉米·曼宁正向她走来。他一只手拿着摄像机，另一只手牵着一个玛莎从未见过的女孩。

她不知如何是好，如何避开他，如何不被他看到。她可以站着不动，像一根柱子似的，但很可能被发现。她环顾四周，没有看到合适的遮蔽物。于是，她低下头，用脚后跟走到沙洲的边缘。她朝后偷偷瞄了一眼，看到他们还在走近，笑着，摆着手臂。

玛莎向水边挪了一步，又挪了一步，下一步突然找不到立足点了。沙洲不见了，她跌了下去，悄无声息地滑进了海里。

54.海洋生物

她本来只想等在那里,等着他路过,不被发现。她想慢慢走着,想要消失。不过之后她确实消失了,她掉进了没有边界,没有顶,没有底的海里。她吓坏了,尽管她离岸很近,而且她还是个游泳高手,但都没用,因为她太恐慌了。她喝了很多水,抓伤了自己的脸,而且还莫名其妙地把自己的马尾辫也抓散了,头发散开,就像一只疯狂抽搐的海洋生物伸出的触角。片刻,她失去了知觉,她感觉自己是蓝色的液体。她确定自己快被淹死了。就在那一刻,她失去了意识,不再拍打海水,放松了下来,感觉就像一只鸟被困在一小股气流中,而不是一个女孩被海水推拉着。她放弃了挣扎。

突然,她恢复了意识,不停地踢呀,划呀,踢呀,划呀,终于冲出了水面,回到岸边。天哪,活着太开心了!她不停地咳嗽着。

55.转　变

世界可以在一分钟内改变，也可以保持不变。玛莎在海里发生的意外并没有超过一分钟。玛莎大口地吸气，胸口发闷。她想：一方面，在这段时间中，世界一点儿都没有变——露西仍在原地，尽情地开心。吉米·曼宁和那个女孩也已经走过去了。但是另一方面，世界已经发生了剧烈变化——因为玛莎第一次明白了世界并不围着她转，世界要大得多，世界就是世界，不管有没有她，都将继续存在。但是现在，她比以往任何时候，都更想活在这个世界上。

她觉得自己刚才差点儿就被淹死了。

她瑟瑟发抖，鼻子和喉咙很痛，耳朵在跳动。玛莎忘了自己已经全身湿透，还想在裤子上把手擦干。这时，她突然想起了那个罐子。她从口袋里把罐子拿出来，举在手上，多美好的东西呀！

露西想假装睡着，但她根本做不到。她睁着大大的眼睛，看着玛莎,又迅速移开目光,咯咯笑着,然后使劲闭上眼睛,只坚持了一会儿工夫,就又开始笑了。

玛莎等自己呼吸平稳后,一屁股坐在露西身边,把罐子放在地上,像拧螺丝一样把它拧进沙子里。她把一只手肘举到她妹妹头上。沙子沾得全身都是,但玛莎毫不在意。

“公主殿下,我为了救你差点儿淹死。”玛莎对着露西粉红色的耳蜗悄悄地说。

“你在流血。”露西说,“这是魔法吗?”

“什么?”玛莎问道。

“你的脸。”露西说。

玛莎把手举到脸上,手指摸到了抓痕处。然后,她看到自己的手指上有血迹。她发出一阵急促又欢乐的笑声。“哦,这没什么,公主殿下。这是制伏邪恶的海怪所付出的代价。”

露西的眼睛睁得大大的,像弹珠一样。

玛莎的头发贴着头皮,仍在滴水。她抓起一簇头发拧水,水滴落在沙堆上。“现在你自由了。”玛莎对露西说,“咒语已经解除,你可以安稳地生活,不会受到任何伤害。”她伸出手臂,把妹妹拉了起来。

露西从沙堆里冲出来,像是从蛋里破壳而出,先是慢慢地,然后一下子蹦出来。她摇着手臂,张开手指,跳着转圈。一会儿,她觉得沙子进到了她的衣服里、尿布里、头发里，还有其他地方，她立刻停下来，握紧拳头，深呼吸，然后大哭起来，以表达她对世界的不满。

玛莎淡定地抓着为奥莉芙准备的一罐海水，抱起露西。她在考虑是快走还是慢跑回家。她轻轻地哼着歌，身上的牛仔裤又紧又冷，褶皱处还有细细的沙子。微腥的海风冰冷刺骨，加上她尖叫又闹腾的妹妹，还有她心中的秘密和那些带给她快乐与期待的各种奇思妙想，玛莎加快了脚步。

我为奥莉芙做了件好事。

泰特人不错。

我爱奶奶。

露西的脸颊很完美。

我差点儿被淹死。

我还活着。

56.一张纸条

玛莎和露西到家了。玛莎正在想她该用什么办法管住露西，这时妈妈赶紧出来开门，玛莎觉得一下子解脱了。“她没事吧？你没事吧？”妈妈走出来，抱过露西，问道。

“我想她很难过，因为她全身上下都是沙子。”

“你的脸怎么了？”

“什么？那个，我用手驱赶虫子的时候不小心划到了。”玛莎低头看看她的右手，她的左手仍然紧握着那个小罐子，“我想我的手指甲比平时长了些。”真是个烂借口，她想。但自己这么轻易就想到这些话，她又感到有些惊讶。

妈妈安抚着露西，跳着摇着，然后用平静的语调快速说着：“你很好，你很好很好很好……”露西安静了下来，妈妈也随之停了下来。“你都湿透了。”她对玛莎说，“你干什么了？”她又开始抱着露西又跳又摇。

“没什么。”玛莎回答，“就是瞎闹，我为了逗露西笑，掉进了水里，但是没用。”

她想露西这个时候还在自我陶醉，应该不会拆穿她，也不会说她是个骗子。

“沙子都藏在衣服里了。”妈妈边说边用手背刷着露西的衬衣，“我们把衣服脱掉吧。”她解开露西衬衣和裤子的扣子，一只手抱着露西，一只手脱掉衣服。她把衣服抖了抖，挂在了门把手上。“我们去换新衣服吧，露西小姐。还有你，玛莎，你应该去冲个澡，换身干衣服。”她说着说着停住了，脸上突然红一阵，白一阵，就像小孩子用蜡笔画在脸上，这一块，那一块。“知道吗？你对妹妹这么有耐心，将来一定会是个好妈妈。”

通常这样的话会让玛莎很激动，那种尖酸、刻薄的感觉会在她的血管内蹿行，直冲心脏，使她的心脏萎缩。但奇怪的是，现在这句话并没有对她造成那样的影响。她笑了笑，带着自尊和自觉，闭着嘴巴，低着头，看着妈妈抱着露西走进家门。

就在这个时候，玛莎注意到有张纸条从门垫下面伸了出来。她把纸条从垫子下面抽出来。纸条被折成了四折，用胶带封着。玛莎的名字出现在上面，字迹是陌生的。

她把纸条在手中翻来翻去。纸条是奶黄色的，字迹是蓝色的。她环顾四周，没人，便拆了封条，打开纸条。

纸上写道：

玛莎：

我想我知道该做什么，你会看到的。

泰特

时间一分一秒地过去，玛莎坐在门廊上，想弄清楚这张纸条的含义。

57.划　痕

在狭窄的淋浴室里，蒸汽像厚厚的雾帘裹住了玛莎，她终于洗完了澡，皮肤都洗皱了。她穿好衣服，疲惫却又兴奋地在房间里徘徊。她又去看了两次门垫下是否还有纸条，结果什么也没有出现。

奶奶问她脸上的划痕是怎么回事，爸爸也问了，玛莎都以谎话搪塞过去。

她走到走廊的镜子前，看着脸上的划痕，真的没什么。那是一条两英寸的红线，在她右脸鼻孔处向上折转，直划到耳朵附近。她靠近看时，发现划痕周围的皮肤上有蓝色的痕迹。她用一只手轻拍划痕，然后用另一只手拍另一边的脸颊，仿佛在整理脑海中的所有思绪。

58.第一首诗

整个下午、晚上，还有第二天早晨，都安然无事。泰特字条里面的文字就像音乐一样萦绕在玛莎的脑海里。其实，她掉进海里后，她之前所见、所感、所经历的一切，仿佛都经过了一个过滤器，变得更易容忍、更易理解、更易接受。

玛莎把泰特的纸条、一罐海水和奥莉芙的那页日记放在了她淡黄色房间里的床下，把它们尽可能远地推回到灰尘笼罩的黑暗之中。她铺好床罩，确认藏好了她的宝贝。

她放弃了写奥莉芙的故事，觉得她写得并不是很好，配不上奥莉芙。但是，她知道她比以往任何时候都更想成为一个作家。她还没有开始写一部新小说，但她会坚持这一目标。她决定先尝试写一首诗——有史以来最好的诗，因为她觉得诗更容易写。不过，在写诗的过程中，她发现诗也不好写。终于，她完成了自己的第一首诗：

大海仿佛一件硕大的蓝色外套，包裹着我。
你知道，大海饱含泪水。
我居住海底，
我曾是一个海洋生物，
但我已葬身于海浪之中。
我的祖母曾梦到大海。
你能否把大海装入瓶中，收藏它？
你能否看着一双手渐渐苍老？
为什么死的是这个女孩，而不是其他？
救我，哦，救我，别让我沉溺。
吻过一次的女孩，就像流泪的海洋。
我吻了一块石头，就会被淹死。
谁是那个留给我纸条的男孩？
你一直在那里，就像大海、天空，或空气。
在海堤等我，直到脚尖沾满海盐，依然等待。

玛莎又读了一遍自己花费几个小时写出的文学作品，她决定在回威斯康星州的家之前，不再写其他任何东西了。她把笔记本推到床下，这样所有的重要物件就都安全地放在一起了。

59.混乱的日子

玛莎的内心就像一个装满秘密的瓶子。奥莉芙的事、泰特的纸条都没人知道,她差点儿被淹死的事更没人知道了。而这一切正是她所希望的。

当然,还有吉米、那个吻和那段录像,但这些都算不上秘密。不过,玛莎还有一个秘密:玛莎发现自己对吉米的关心越来越少,而对泰特的思念却越来越多。

她在想:那段录像是否会从记忆中消失,自己又是否会向文斯询问录像的具体内容和她在录像中的样子。她对此充满了疑惑。

她在想:如果自己到了奶奶的年纪,是否还会记得这个特别的夏天。她也想知道,奶奶是否还记得自己十二岁时的事情。

她是不是该给泰特打电话?或亲自找上门去?跟吉米经历了那件事之后,她开始犹豫不决。她想等待,但是时间已经不多了,还有两天她就要回家了。

这些疑惑和彷徨让日子变得混乱。这些天她都和奶奶在一起，两个人一起烤桃子馅饼，给花园除草，玩游戏棋，有时还和家人一起去附近观光旅行。文斯也加入其中，这让玛莎很惊讶。

他们开着面包车去基赛特港的诺波时，她鼓起勇气小心翼翼地向文斯问道："你的朋友们怎么样了？"

"我有点儿烦吉米了。他一天到晚都在玩那台破摄像机，实在是太无聊了。"文斯说。

他们对视了许久，玛莎知道有些话虽没说出口，但大家心知肚明。

"泰特怎么样了？"她最后问道。

"他还好，挺安静的。"文斯答道。

来到诺波，奶奶待在车里，享受着微风从车门外吹进来的感觉。"我看到了。"她非常激动地说道，手背上的血管就像地图上的河流，"太迷人了，我看到了。"

玛莎觉得，诺波的美怎么都看不够。虽然只是一小块低矮的土地，被岩石环绕着，延伸到海湾中，但对于玛莎来说，这里却充满了魔力，仿佛是童话故事中美丽的仙境。

海水和天空呈银色，零星的游人在这里漫步，有的拄着手杖，有的拿着望远镜。

玛莎张开双臂，沿着小路奔跑，来到诺波的中央，又转了一大圈。她觉得似乎能看到永远。她用鞋尖踢着一块岩石，手指沿着一块长满藤壶[①]的浮木摸索。她抿起嘴，视野变得模糊，一切都在慢慢远去，所有人都被玛莎抛诸脑后，除了泰特。

泰特："你好，我想你可能在这儿。"

玛莎："我喜欢这里。"

泰特："我也是。"

玛莎："太好了。"

泰特："那当然了！"

玛莎："什么？"

泰特："我们都喜欢这里才对啊，因为我们是灵魂伴侣嘛。"

玛莎："对。"

泰特："我有话要对你说。"

玛莎："嗯？"

泰特："我——喜欢你。"

玛莎："我也是。"

"我也是什么？"爸爸说道。

玛莎脸红了。她急中生智，耸了耸肩笑道："我也是，窝也是，卧也是。"

---

①藤壶：一种蔓足亚纲的海洋甲壳类动物，成年期形成硬壳且固着在没入水的表层，如岩石和船底。

“你这个小傻瓜。”爸爸开玩笑地说。

在回来的路上，车子开过美丽的湿地，附近有一些正在建造中的公寓。

“这太可怕了。”玛莎的妈妈说道，“很快这儿的环境就会被他们都破坏了。”

玛莎靠着窗，看着树木和房屋离她远去，又陷入了幻想。

玛莎：“你知道吗？我差点儿被淹死。”

泰特：“真的吗？”

玛莎：“嗯。”

泰特：“我有一次也差点儿死掉。”

玛莎：“是吗？”

泰特：“是啊。”

玛莎：“我是在这次度假期间发生的，你呢？”

泰特：“十岁的时候吧。无关紧要，真的。”

玛莎：“告诉我。”

泰特：“不，你先说，你先告诉我。你的事情更重要。全部，全部告诉我，每一个细节都要说。”

玛莎照做了。

等到玛莎回过神儿来的时候，他们已经回到奶奶家了，而泰特早就不见了。

60.电　话

悲伤弥漫在整个屋子里，仿佛酝酿着一场暴风雨。随着时间的流逝，这种感觉一直压在玛莎的心头。最后一天了，度假的最后一晚了。一切都变得如此阴郁——最后的午餐、最后的晚餐、最后的日落。这种归家的惆怅如鲠在喉，令人窒息。

晚饭过后，玛莎望着窗外。突然有人拍了拍她的肩膀。

“宝贝！”原来是奶奶，“有你的电话。”

玛莎马上冲到电话前，她都没有听到电话铃响。听筒就放在后门旁的桌子上。她双手抓起听筒，好像这是一个巨大的海螺。“喂？”

“你好，玛莎。我是泰特。”他的声音有点儿颤抖。

“你好。”

“你什么时候走？我的意思是，回家。”

“明天，但不是一大早，我们的航班比较晚。爸爸想最晚十点前离开。”

“嗯,好的。明天十点。嗯,拜拜。”

“等一下,你明天会来吗?”她的嗓音有点儿发颤。

“会来。”泰特回答说,还没等玛莎问他具体的时间,他就挂断了电话。

61. 噩　梦

什么时候?

这是个问题。玛莎在上楼梯时还在想这件事。这天她很晚才睡。

她已经把大部分行李打包好了,剩下的准备明天早上再收拾。泰特的纸条、奥莉芙的日记、一罐海水,还有笔记本都已经装在背包里了,而背包塞到了床下。因为担心装水的罐子被打破,她用一件脏背心把罐子包了起来,然后用一条大橡皮筋扎紧。

玛莎躺在床上,辗转反侧。

什么时候?什么时候?什么时候?

一次聊天时,奶奶曾随口说过:“我们总是把事情想得太复杂。”那时候,玛莎认为奶奶是在说爸爸。不知为何,这句话久久地在玛莎的脑海里盘旋,直到她进入梦乡。

黎明时,她做了一个梦。

她梦到自己在一间寂静的房间里，房里堆满了巨大的冰块，一排排均匀地排列着。有一些跟她一样高，还有一些更高，长宽跟衣橱差不多，边缘却是圆的。冰块的位置好像是人为安排的，排列得整整齐齐，但玛莎却觉得不大对劲，暗藏危险。

玛莎在冰块间穿行，她试着用手碰了下冰块，原以为会又冷又硬，但奇怪的是，冰块摸起来又暖又软。而且冰块在晃动，一开始很细微，渐渐地，幅度越来越大。

突然，玛莎明白了自己的处境。这些冰块其实是厚厚的塑料袋，玛莎的妈妈、爸爸、露西、文斯、吉米、泰特、曼宁一家，还有奶奶，都被困在袋子里，他们正试图从袋子里逃脱。

奶奶被困在离她最近的一个袋子里。奶奶正疯狂地抓着袋子，她急促狂乱的呼吸使塑料袋蒙上了一层雾，一双睁大的眼睛中充满了恐惧，在雾气中若隐若现。

玛莎拼命地想把奶奶救出来。她对着袋子又是拉又是戳，但都无济于事。最后，她在塑料袋后面发现了一条几乎透明的拉链，她用力一拉，成功了！她眨了眨眼，向上望去，却发现奶奶已经消失不见了。

噩梦结束了。玛莎醒了过来，脑袋昏昏沉沉的。噩梦遗留的阴影挥之不去，直到她想起了那个问题：什么时候？

62.勇　敢

七点。

八点。

九点。

仍然没有泰特的踪影。

为了调节失望的情绪，玛莎试着像妈妈常说的“影后”那样鼓励自己说：“我差点儿就被淹死了，但我活下来了。我是多么幸运。”

爸爸已经把玛莎的手提箱、背包还有其他行李一起放在了面包车外边。她一个人坐在床边，床就像个小岛一样，她甩着双腿，撑着的双臂像树枝一样僵硬。她希望时间能停止。如果她屏住呼吸，整个人冰冻起来，是否能让时间停止呢？外面时不时传来各种声响——砰的关门声、文斯从楼梯上跳下的声音、露西的哭声，这些声音打破了玛莎的幻想。

“你真的应该吃点儿东西。”妈妈在门口喊道，再一次打破了玛莎的幻想。

“我不饿。”玛莎头也不回地答道。

几分钟后,奶奶轻轻地走进玛莎的房间,她的拖鞋在老旧的木地板上发出沙沙的轻响。

玛莎转过身跟奶奶说:“昨晚我做了一个噩梦。”

“你愿意告诉我梦到了什么吗?”奶奶的声音比玛莎大了许多。

玛莎摇了摇头,她不想让奶奶感到害怕和不安。“这个梦太吓人了,我想可能是因为我不想回家。”

“道别总是辛酸的,是不是?”

玛莎点点头。

奶奶绕过床,坐到玛莎身边。她手里拿着什么东西,看上去像是一张折叠的纸,也可能是信纸或卡片。

小床发出嘎吱嘎吱的响声,祖孙两人陷进了床垫,靠在一起。玛莎可以感受到奶奶瘦骨嶙峋。

“看这个。”奶奶说道,“今天早上,我和你爸爸在整理纸堆时发现了它。”她把手里握着的东西递给了玛莎。“我知道,你一直很勇敢。”

“我?勇敢?怎么可能?”

“快看看吧。你向来很勇敢。”

“这是什么？”

这是一张贺卡，上面印着三个小天使，在水下骑着一条彩色的鱼。

“打开吧。”

“这是我写的？好滑稽！那时候我肯定只有六七岁。”

卡片里写着：

亲爱的奶奶：

我最喜欢待在您家里。我是一个勇敢的女孩。我喜欢爬上海滩上的岩石，想象自己在波涛汹涌的大海上，乘着一条正在沉没的小船。

爱你的玛莎

“我完全不记得了。”玛莎边说边合上贺卡，用手摸着卡片上长着斑纹的鱼。

“看到了吧？”奶奶说，“你很勇敢，而且一直如此。”她的话是如此的温柔。“我一直想要成为一个勇敢的人，但是我从不觉得自己勇敢。”她说着把一只手放在了胸口。

“真的吗？现在也不是吗？”玛莎问。

“现在比以前好多了。”奶奶平静地看着玛莎。她露出浅浅的微笑，但在玛莎看来却很疲惫。

玛莎也笑了。奶奶又和她分享了一个秘密，但这次奶奶说的话却让玛莎感到十分惊讶。因为在玛莎看来，自己是如此渺小，而奶奶坚强、聪明、美丽、慈爱、快乐、优雅、亲切，而且勇敢。

如果人到了奶奶的年纪还没变得勇敢，那还得等到什么时候呢？

如果这是她们二人在一起的最后一个夏天怎么办？

寂静。一束阳光从窗外照进来，此时无声胜有声。

说不清理由，玛莎很想要这张卡片，但她明白，奶奶只是想把卡片给她看看，而不是送给她。所以，她很不情愿地把卡片还给了奶奶。

“也许这会让我变得勇敢。”奶奶说。她亲吻了那张卡片，把它贴在胸口。“亲爱的，差不多是时候出发了。”她说，“我不喜欢在公众场合道别。所以，我们现在就正式道别吧。”

玛莎被奶奶紧紧地拥抱着，被她消瘦但有力的臂膀，以及她的气味所拥抱。

奶奶说道：“抱抱我，孩子。我爱你。”

玛莎的耳边可以感受到奶奶的呼吸，颈边感受到她冰冷光滑的肌肤，嘴角感受到她的 缕发丝。

玛莎觉得，奶奶单薄的身躯可能承受不了自己用力的拥抱。但是,她的心中充满了爱和渴望,快乐和悲伤(没有勇敢,绝对没有勇敢)，因此她抓住奶奶的肩膀，用尽全力紧紧地拥抱着。

63.离　别

玛莎的爸爸拍了一下手，声音清脆响亮。“该走了。”他喊着，一只脚搭在保险杠上，“行李都已经装好了。”

“还没到十点啊。”玛莎说，“你说过我们十点才出发的。”她睁大眼睛望着曼宁家的方向，等待着泰特的出现。

爸爸看了下手表，露出为难的神情。“现在是——九点五十二分。”他说道，“我们都准备好了，出发吧。”

文斯已经在车上了，他系着安全带，戴着耳机，闭着眼睛，脑袋随着音乐的节奏不停摇摆。奶奶、露西和妈妈站在门廊边。露西被妈妈抱在怀里，扭动着身体，抱住奶奶的脸亲吻。奶奶的朋友——麦斯威尔太太也来了，她坐在屋里，从前窗看进去，她就像一幅加框的肖像画。

“我得去一下卫生间。”玛莎说道。

“又去？”爸爸说，“快点儿！”他摇着头，抱怨道：“这就是我讨厌度假的原因。”

玛莎尽可能地拖延着时间。她坐在马桶上看着手表，然后又靠在窗边，拉开窗帘观察外面的情况。

露西已经坐在车上了。

妈妈喊道："玛莎！"

爸爸按了按喇叭，声音刺耳，看来这回他是认真的。

玛莎跑下楼，出门和家人会合。她最后一次拥抱了奶奶，两人相视不语，但是内心的情感已经溢于言表。

所有人都上车了，车门也关上了。爸爸发动了汽车，面包车开始在车道上缓缓地移动。"我们离开时就像一群乌龟。"每次启程他总会这么说。

突然，玛莎的心中百感交集。她沉浸在悲伤中，觉得自己就像路边的石头一样不起眼。她把面包车想象成一个装满失望的容器。她闭上眼睛躺在座椅上，心想：或许下一秒就会出现奇迹，会有好事发生。但她马上否定了这种想法，因为在这次度假中发生了太多令她烦恼的事。

过去七天里发生的一幕幕在玛莎的眼前闪现：亲吻、录像带、龙虾、游戏棋、装有彩色水的罐子、为奥莉芙准备的一罐海水、等待泰特、与奶奶的深夜谈话、本顿庄园、牵手、奶奶的手、梦、泰特、宽广辽阔的大海……

她刚睁开眼睛想要清醒一下，突然听到爸爸问："那是谁？"

“那不是曼宁家的孩子吗？”妈妈说。

十米开外的路中央，一个男孩正挥着手，那是泰特！

玛莎的心脏突然狂跳起来，就像树叶被一阵狂风吹起。很快她的心又猛然一沉。她不知道接下来会发生什么，但她希望会是件好事。

64.这一次

难道她见到了奇迹？

玛莎的爸爸把车停在路边。

一切发生得太快了。

泰特朝面包车跑来，跑到玛莎坐着的那一边。他的眼睛睁得又大又圆。他举起一只手，在空气中画了个圈，暗示玛莎打开车窗，另一只手拿着一个中等大小的棕色纸袋。

玛莎打开车门。

泰特身后刺眼的阳光让她只能眯着眼睛。

他喘着粗气，把纸袋递给她，说："这一次我知道该做什么了，只是花了很长时间才做好。"他脸上堆满了纯洁灿烂的笑容。"我成功了！"他松开了纸袋。他抽回手的时候，碰到了她露出的膝盖。她感觉到他的皮肤很烫，他的手好像在燃烧。"再见！"他眉毛微弯地说，"你下次来还会见到我的，我保证。"他说完就大步流星地走了。

她说谢谢了吗？

她说再见了吗？

她不记得自己是否关上了车门，但她一定关了，因为他们又继续赶路了。他们在去往普罗维登斯机场的路上。

“什么东西？”露西问。

“没什么。”玛莎回答。

“我不懂了。他不是那个人。”她听见爸爸说。

“我想他是跑腿儿的。谁知道呢……”她听见妈妈说。

“你们太落伍了。”文斯摇着脑袋说。

他们一定是在聊些什么，但他们的声音模糊不清。

纸袋被她打开又合上，合上又打开，最后纸袋变得又软又湿。但她始终没有去看袋子里有什么。她把纸袋放到膝盖上，估量它有多重。不管里面装了什么，总之不重。她想等一个人的时候再打开看看袋子里装了什么。

她在等。

她想等到了机场，过了安检后，就一个人去上厕所，找个隔间，把门锁起来。

她就是这么做的。

袋子里有一盘录像带，被报纸草草地包住。里面附上了一张字条：

这是那盘录像带。你瞧，这一次我知道该做什么了。

泰特

p.s 吉米发现后会杀了我的。

p.p.s 我真心喜欢你。

p.p.p.s 真的。

玛莎把录像带放进背包。她慢悠悠地回到父母、妹妹和哥哥的身边，他们坐在登机口旁的候机厅里。周围的人们跑着，说着话，吃着东西，笑着。玛莎穿梭在人群中，她觉得，这个世界上没有一个人能了解她在想什么，了解她的脑子里和心里藏着什么。在这一刻，她脑子里和心里想到的事，让她觉得自己不想成为这个世界上其他任何一个人。

65.一系列的计划

家还是离开时的样子，但因为她改变了，所以她的世界看上去有一点儿不同，似乎她对一切都更加关注了。她开心地回到自己的房间，但墙的颜色（淡蓝色）和窗帘的图案（樱桃，文斯搬出房间后她自己选的）在经过这段时间之后，对她不再有吸引力了。她决定，把房间让给露西住。把脏衣服扔进洗衣篮后，玛莎把背包里的所有东西倒在床上整理起来。她的父母很注重个人隐私，所以她不必将东西藏在衣柜黑暗的角落里，只要把它们放进右手边最后一个抽屉里就好了。

她把给奥莉芙妈妈的那罐海水成功地带回来了。打开包装时，她还以为罐子会碎了，海水会流到保护它的背心上，但是没有。她觉得很神奇，因为这罐子既能装下很小的东西，也能装下很大的东西——海洋，奥莉芙的海洋。她给那罐海水命名为“奥莉芙的海洋”。

床上还有那盘录像带。能拿到确实是种解脱。不过，只要看一眼它——那个黑色的塑料盒子，玛莎又会感到非常尴尬。泰特能把录像带给她，真是不可思议，她以为他可能会把它销毁后告诉她。她还没想好，该拿它怎么办。她很纠结。看？不看？扔了？用锤子砸了？一直把它保存到自己到奶奶那个年纪，然后试着用它回忆自己十二岁时的样子？

她要做出决定。究竟该怎么处理这盘录像带。她回到家才几个小时，应该还很疲惫，但她的大脑正在高速运转，思考着一系列的计划，这让她有点儿激动，高兴又不太高兴。她还有很多事情要准备……

怎么处理那盘录像带？怎样向泰特道谢才好？如何和他保持联系？她得给荷莉打个电话。她还得告诉爸爸她想当作家。她得找出奥莉芙妈妈的住址，把"奥莉芙的海洋"给她送去。然后，她要努力促成最重要的计划：她决定去奶奶家过圣诞假期。她在回家的飞机上灵光一闪，想出了这个主意。

要是能和奶奶单独待上七天到十天，观察她，照顾她，还能和泰特在一起，那就太完美了。

玛莎觉得奶奶对她冬天的到访肯定会又惊讶又高兴。过去几年的冬天，她是和麦斯威尔太太还有她的远亲一起过的圣诞节。实现这个计划的关键是要说服她的父母。还有很多基础工作要做，还要想很多对策，但她还有四个月的时间去准备。这很可能是个艰难的任务，但值得去做。到万不得已时，她甚至会去乞求帮助。

她想：首先，在睡觉前应先给荷莉打个电话。然后，从去年学校发的家长手册中找出奥莉芙妈妈的住址。最后，告诉爸爸她想当作家。

66.传递火炬

荷莉家电话占线。玛莎找了很久,终于在第二学期发的修订版家长手册中找到了奥莉芙妈妈的住址。她把地址抄在一张废纸上,然后放进口袋里。从地址上看,奥莉芙家离这里只有六七个街区。玛莎想:真有趣,她住得这么近,我却从来不知道。

玛莎又拨了荷莉家的电话,还是占线。她一直打,有点儿不耐烦了。她在厨房的冰箱里找着零食,电话用头和肩膀夹住。

“没多少东西了。”她爸爸说,他穿过房间走到她旁边,“我明天早上第一件事就是去超市。”因为厨房门挡住了玛莎,他没有注意到她拿着电话,直到他站在她面前。“哎哟,对不起。”他说。

玛莎点点头,接着找零食。“没关系。”她说。

“电话你用完后给我用用。”爸爸低声说道。

“用完了。”玛莎说,把电话递了过去。她用脚关上冰箱门,然后朝水槽边的橱柜走去。

玛莎并不想偷听，但她控制不住。她站在那里，等着和爸爸说话。她把橱柜开了又关上，心不在焉地瞎翻着。她听得出他在对着电话答录机讲话。

他说：“你好，菲尔，我是丹尼斯。我们从我妈妈家回来了。有空时给我回个电话，然后定个时间，我们见个面，讨论下我回事务所工作的事情。一起吃午饭怎么样？再见。”他挂掉了电话。“真是漫长的一天。”他说，朝玛莎转过身去，“幸运的话，你妹妹能老老实实地睡一夜。”

玛莎看着地面，故作很投入，用光着的脚在木地板上画圈。她想，机会来了。她抬起头，说：“爸爸。”

“怎么啦？”

“我能问您点儿事吗？”

“当然，随时可以。”

“您的工作怎么样了？”

“嗯，我在你奶奶家给菲尔打了个电话，告诉他我想回公司。我们会讨论下看看有什么好办法。情况看来还不错。”

这些对她一点儿都不重要，她把话题引到自己关心的事情上。她的声音听上去有点儿迟疑。“那……很好。”

“不用担心我的工作。”

“我不担心，但是……”

“但是什么？”

她吐了吐舌头，说道：“但是，您就当不了作家了吧？”她做到了。她把话题引到了她想要的正确方向。

“亲爱的，我不是作家，虽然我很想当作家，可是谁知道呢，也许我以后还会试试的。”他耸了耸肩。然后，他的语气变了，变得幽默，甚至有点儿傻，他特有的滑稽语气有时会逗得玛莎哈哈大笑，有时会让她感到很尴尬，但今晚她两种反应都没有。“听着，你会是个不错的作家。”他对玛莎说，脸上洋溢着光彩，眉毛都笑弯了，“你会是我们家里真正的作家。”他终于切入正题。

“真的吗？”

“我说着玩的。你可以做任何你想做的职业。”

“不，爸爸，我想当一名作家。”

“那太好了！”他说道，语气再次发生了变化，他的声音真诚明亮，让她满心期待，“太好了！”

“您不介意吗？”她笑着问道。

“介意？当然不会。我正式把火炬交给你了。”他说着弯下身来，吻了吻她的额头，“看你的了。”

67.纳尔逊大街4525号

玛莎睡得很香,醒来时精力充沛。她很快就吃完早餐,准备走着去奥莉芙妈妈家。外面很热,据说还将继续升温。这个八月过得真是缓慢,而且潮湿闷热。走了没几分钟,玛莎已经汗流浃背了。她真怀念海边徐徐的凉风。

玛莎左右手换着拿罐子。她记得奥莉芙家的地址,口中还不断重复着门牌号,像唱歌一样:“4525,4525……”

马上就到了。她仔细地查看每栋房子的门牌号。街道的位置是对的,她家应该就在这几栋房子附近了。

就是这儿!纳尔逊大街4525号,就在她面前。她走过一小段人行道,上了几级台阶,就来到了奥莉芙家门口。那是一栋普通的双层楼房,房子外表是铝合金色的,屋顶是灰木炭色的,前面有一个淡红色,近乎粉色的喷泉。两旁长着纤弱的小树,房子前面和两边的门廊都挂着火一般的天竺葵。各种垃圾,像易拉罐、包装袋什么的都堆在路边。

玛莎突然停了下来。她一心只想着找这个地址，找到这个房子，却忘了准备见到奥莉芙妈妈该说些什么。她忘了自己必须要解释下这个不寻常的礼物。她的脑子里一片空白。她希望在适当的时候，这些话会自然而然地说出来。

从哪个门进去？侧门还是正门？怎么称呼她呢？巴斯托太太？巴斯托女士？还是奥莉芙妈妈？

玛莎感觉自己心里像有只小鸟在拍打翅膀。

“你迷路了？”一个声音问道。

玛莎抬起头。这浑厚的声音来自一位从房子后院走过来的老人。他稍微有点儿跛脚。

“你迷路了？”他离她只有几步距离，又问了一遍。他表情淡然，脸颊微陷。他眼睛里充满悲伤，双眼深陷在红红的眼眶里。他的头发灰白纤细，像蜘蛛网一般缠绕在耳朵边。

“请问奥莉芙·巴斯托住这儿吗？”玛莎试着说，希望自己不要脸红，而且表现得有礼貌些。

“她去世了。你知道吗？”他说，“很遗憾。”

“是的。”玛莎低下了头，她脑海中突然闪过一个念头，可能这位老人是奥莉芙的爷爷。她又抬起头，问道：“那她妈妈住这儿吗？我有个东西想给她。”

“以前住在这儿，上周搬走了。”他看了看垃圾，皱着眉头说道,“明天才会有人来收垃圾。”

“您知道她搬去哪儿了吗?”玛莎问道,心里想:也许她的新家骑自行车就能到。

“不知道,她说可能会搬去俄勒冈州或者华盛顿州。我想那两个中的一个是她的家乡吧。谁知道呢?”老人边说边从前面的裤口袋里拿了块手帕擦了擦额头。他把手帕叠成整齐的四方形,然后放回原处,接着说:“她是个与众不同的女人,一生起起伏伏。她要么一句话不说,看起来不太友好,要么一说就停不下来,唠唠叨叨,什么重点也没说到。”

“哦。”玛莎说。她看看手中的罐子。阳光穿透罐子,折射出的光芒照亮了她的手掌。

老人伸出手。“我叫约翰。”他告诉玛莎,“约翰·威弗利。”

“我叫奥莉芙。”玛莎心烦意乱地说,她的心跳得很快,说完她的脸立马全红了,“我的意思是,我叫玛莎。”她纠正道:“我的名字叫玛莎!”她轻轻地抓住老人的手,摇了摇头。

“好热,我要坐一下。”约翰说着慢慢地坐在了最上面的台阶上,他让玛莎也坐下来。

玛莎坐在了最下面的台阶上。

“你认识奥莉芙吗?”他问。

“算是吧。”玛莎说。

“我不信。至少,我从没见过你来这儿。我也从没见过哪个孩子来这儿找她。我是这儿的房东,就住在楼下。奥莉芙和她妈妈住在楼上。我从没见过她和别的孩子一起玩,一次都没有。她总是一个人孤单地待在家里。有时,她就坐在这儿。”他说着轻轻拍了一下最上面的台阶,“她会在笔记本上写着什么。有时,我见到她骑着自行车出去,但总是一个人,带着一个笔记本。她有点儿奇怪。孤独的小奥莉芙,我总是这么叫她,当然不会当面这么叫。”停了一会儿。“我也从来没有见过她的爸爸。”他补充道。这些是他对奥莉芙仅有的记忆。

玛莎听了这些话觉得很不舒服。不知道为什么,约翰的话听起来像针扎在自己心上一般疼。他若有所思地擦了擦自己的脸颊,说道:“这女孩总在我脑海里出现。”

我也是,玛莎想。

约翰的头往后倾斜着, 像小狗一样嗅着空气的味道。“很热。”他说,“热,热,热。”他叹了口气。“好了,我要去吹空调了。你想待多久就待多久吧,直到你把水喝光了为止。”他边说边对着玛莎手里的罐子点了点头,“喝完了也可以来我家把水装满。我家就在旁边。这么热的天,你应该带一个更大的水壶。你那个瓶子喝一口就没水了。”

约翰摇摇晃晃地站起来,一瘸一拐地走进了自己的房子。

68.家

玛莎本以为自己和奥莉芙之间永远都会有一种关系，但她现在却很失落，因为她从没想过奥莉芙的妈妈会搬走，而且搬到那么远的地方。

奥莉芙曾经就坐在那儿，玛莎想，就在那个位置。她起身准备离开。她朝着垃圾堆走去。这算不上是个决定，最多也就是一时冲动。在一堆脏兮兮的靠垫、破椅子、枯萎的室内盆栽和发霉的浴帘中，玛莎发现了一个插着许多画笔的塑料桶。她从中抽出一支画笔，那里面最细最长的一支。它的笔头很硬，用起来却很流畅。

玛莎不自觉地走回到台阶边。她蹲下来，深呼吸，然后一口气爬到了最上面的台阶上，把地上的脏东西收拾了一下。之后，她打开了装有海水的小罐子，里边闻起来有股鱼腥味。她等待着，慢慢地呼吸着，然后她用画笔蘸了点儿罐子里的海水，将奥莉芙的名字写在了最上面的台阶上。玛莎不停地用海水描着奥莉芙的名字,最后海水全部用尽了。她专心致志地看着水泥台阶因为海水的蒸发由暗变亮。奥莉芙的名字前一刻还在,下一刻就消失不见了,像是大千世界中的一个闪光点。

“再见了。”她轻声说道。

玛莎轻轻地放下空罐子,把画笔放进身旁的一个易拉罐里,然后离开了。

再见。

从约翰·威弗利那儿听到的有关奥莉芙和她妈妈的事让玛莎很难过,也有些害怕。她觉得,奥莉芙很勇敢,比她要勇敢得多。

“如果我现在见到你,我一定能成为你的朋友,奥莉芙。”玛莎心里一直重复着这句话,希望奥莉芙能感受到她的心意。

周围很安静,只有空调散热器发出的令人昏昏欲睡的响声,一辆汽车经过的声音,还有洒水器的洒水声。玛莎慢慢地穿过几个街区,把回家的路线拉长了。她左转,右转,再左转,穿行在街道间。

她想象自己正走在奶奶家的海滩上,一开始和奥莉芙还有泰特走在一起,然后独自一人走。一个很傻的白日梦。她突然跑起来,就像在起伏的海浪间跑进跑出,然后直直地朝海面上的地平线跑去。

她的凉鞋拍打着她的脚后跟。她的影子看上去像个光滑的机器。

她跑了一小段路后才意识到,她想要回家。她在下一个街角掉过头,走上能最快到家的路。几分钟后,她回到了自家的院子里。

她喘了喘气,走进门口熟悉的阳光中。这里的一切全都没有改变,全都印在了她的心里:噪声、气味、每个房间的样子和感觉。虽然她并没有走远,也没出去多长时间,不过为了自己,她还是大声喊道:“我回来了!”

好小说是心得之作

殷健灵/儿童文学作家

读凯文·汉克斯的《奥莉芙的海洋》,仿若他乡遇故知。之所以感到亲切,多半是因为他笔下的故事暗合了我对青少年文学的一些认知和看法。

无疑,这是一部上佳的青少年小说。它好似一个玲珑剔透、层次丰富的象牙球。

它是一个完整的艺术品,讲述了一个充满悬念,离读者很远又很近的故事:十二岁女孩玛莎正处在别别扭扭的年龄,暑假里,同班同学奥莉芙的妈妈交给她一封信,在几天前的一场交通事故中,奥莉芙被撞身亡了。奥莉芙在给玛莎的信中提到:她的梦想是成为一位作家,甚至连故事的开头她都想好了,她向往自己有朝一日能来到大西洋或太平洋去看看真正的大海,她还希望这个暑假或下个学期能和玛莎成为好朋友,因为她觉得玛莎是全班最好的人。

一封诡异的来信，开启了故事之门。随着玛莎全家暑期度假之旅的开始，玛莎的成长轨迹被奇妙地改变了，在她深爱的奶奶家，玛莎遭遇了意想不到的种种，并获得了心灵的成长……

我们首先注意到的是小说层层推进的故事节奏，恰到好处的悬念设置，故事转换快捷短促，绝不拖泥带水。奥莉芙的信成为整个故事贯穿始终的线索，将情节和细节的碎片连缀成一体。而玛莎写作的以奥莉芙为主人公的小说，随着情节的进展，故事的走向也变得出人意料，这使得整部小说获得了一种套中套的巧妙结构。

值得探讨的远不止这些，让我们反复玩味和咀嚼的是小说所涉及的多个层面和主题：玛莎在特殊年龄所遭遇的难以言说的小别扭、小忧伤，和父母的代沟与互相理解，奥莉芙所带来的人生无常与死亡之惑，玛莎与奶奶的深挚亲情，奶奶让玛莎不得不正视的年老与时间之伤，玛莎对吉米的懵懂情愫以及随之而来的背叛与欺骗，玛莎面对欺骗的态度与成长，玛莎经历过死亡阴影后对生命的重新珍视，爸爸和玛莎两代人的人生定位和作家梦……不长的篇幅里，却包含了繁复的文学主题：生命、成长、亲情、代沟、死亡、衰老、爱情、友情、背叛、欺骗、理想、自我解救……

在短暂的暑期，那些想到和想不到的事件蜂拥而至，它们平常琐碎，犹如发生在你我身边，在不经意间撩拨我们的心。作为读者，我们对这些细节似曾相识，因为它们也曾在这样的年龄里或多或少地来到我们的生活中。因其日常，才更感亲切；也因其日常，更考验作者的写作功力。我一直认为，将平淡的日常生活写得风生水起，远比经营一场跌宕起伏的惊险故事困难得多。好在凯文·汉克斯没有让我们失望，他恰到好处地掌控故事节奏，不失时机地峰回路转，柳暗花明。

当然，更重要的是作者传递给我们的生命意识、人生态度和价值观念，所有这些，均基于作者不同常人的对生活的感知和体认。

他写了那么多的逝去：奥莉芙生命的瞬间逝去，奶奶年轻和活力的逝去，玛莎在溺水时瞬间的死亡体验……表达逝去是为了让我们更珍惜现在的拥有，以明朗与平静的心态接受生命历程中必经的烦恼、忧伤、不如意，相信诚实与信任的光芒一定能覆盖欺骗与背叛的阴影。而长大的过程本应是充满曲折，跌宕起伏的，总要经历过什么，我们才能欣慰于成长后成熟的自己，回望来路，我们会看到，那些曾经的荆棘已开出小而美的花。当然，我们从中读到的，远不止这些……

《奥莉芙的海洋》让我们见识了一种好的文学。

好的文学是什么呢？很难一言以蔽之。

好的文学的主题，是无法用一句话概括的。她一定是多义的，层次丰富的，耐得咀嚼回味，禁得起重读和推敲，并且随着读者阅历的增长，不断显现出新的魅力。

好的文学，一定拥有不同寻常的故事。好作家一定是个会讲故事、拿故事牢牢吸引读者的人。故事不是从生活中信手拈来的，那些零碎的素材之所以成为了故事，是在作者心中整合、盘桓、酝酿了许久，故事种子经由自己生长，最终才结出汁水饱满香气四溢的果子。

好的文学，必定是作者的心得之作——他以敏感多思的心灵感受生活，从生活中汲取最鲜活与精炼的素材，这些素材让读者感同身受，灵动可感的细节比比皆是。他的过人之处并不在于他拥有比别人更独特的生活，而在于他对普通事物有着独特的领悟，他用自己的语言和方式表达习见的生活，让读者不仅从中看到自己，更获得醍醐灌顶的颖悟与思考。

好的文学，还必得具备上佳的语言——这点常常为读者忽略。我固执地以为，好的语言具有潜藏其间的神秘语感，不仅让读者获得审美的享受，还会在第一时间吸引读者的阅读欲望，将阅读变成如流水一般顺畅自然的事。有人以为，艰涩阻滞才是深刻；我却以为，流畅不等同于肤浅浮泛，它基于深厚的语言功底。饱含质感的晓畅语言才能带来真正贴近读者的语言美感，尤其对刚刚开始阅读之旅的青少年读者而言。

前边说的都是好的文学，至于青少年文学，区别只在于读者对象略有不同。我曾多次表达自己在写作青少年文学时的一些主张：不因面对的是孩子，就可以在艺术标准上降格以求，更不因读者的年龄之小，而潦草了成人作家需要在其中表达的人生要义。但和一般文学不同的是，优秀的青少年文学虽然几乎囊括了所有文学可以表达的主题，但她采用的是孩子能够接受的表现形式和表述方式，即便是揭露现实中存在的邪恶，也要融会贯通，让读者不受创伤。文学不是为了创造人性的地狱，而是为了创造精神的家园；不是对于人性的讨伐，而是对人性的抚慰；不是为人们营造黑暗，而是让人们看到光明的出口……这个文学的“大道”尤其适合用来衡量青少年文学。

凯文·汉克斯
Kevin Henkes

凯文·汉克斯是美国知名的童书作家及插画家。他1960年生于美国威斯康星州，自幼展露绘画天赋。美国图书馆协会盛赞他“为儿童文学领域做出了突出贡献”。

汉克斯在儿童文学创作和绘画方面的才华令人瞩目。他的作品多次成为《纽约时报》畅销书，入选纽约公共图书馆推荐的100本好书，并获得纽伯瑞儿童文学奖银奖、凯迪克金奖、美国图书馆协会优秀童书奖、《书单》杂志编辑推荐童书奖、《号角》杂志年度好书奖、《出版者周刊》最佳童书奖等诸多殊荣。

愿所有读过这本书的孩子，
都能被世界温柔对待。